新訂

与謝野晶子歌碑めぐり

堺市［編］　二瓶社

目　次

まえがき

与謝野晶子は、第一歌集『みだれ髪』によって新時代の旗手となり、浪漫主義の香気にあふれる作品から「情熱の歌人」といわれています。しかし、彼女はその後も更なる進境を示し、その作品は心象的翳りをくわえ、象徴的表現へと移行し、さらには人生の寂寥が込められた奥行き深いものとなります。

晶子はまた、作歌活動の他に古典文学研究、女性の自立と地位の向上を本旨とする評論活動、教育活動等、実に多方面にわたる活動を展開し、その活躍は現在でも高く評価されています。

晶子は大正後半頃から昭和にかけて全国各地を旅し、立ち寄った先々で歌を詠んでいます。それが縁となって、国内各地に晶子歌碑が建立されています。国内を旅した時期は、晶子が中年期を経て老齢にさしかかる頃で、人生に対する深い観照と思いのこもった歌が数多く創作されました。

晶子は堺に生まれ育ち、23 歳のとき東京へ移ります。このたび晶子生誕の地、堺市が政令指定都市へ移行したことを記念して『新訂与謝野晶子歌碑めぐり』を刊行することになりました。晶子歌碑を収録した本書では、若き頃の情熱ほとばしる作品だけでなく、人生の寂寥をみつめた叙情性あふれる作品が多くなりました。読者のみなさまの歌碑をめぐる旅が、「情熱の歌人」「浪漫主義の旗手」だけではない、晶子の新たな魅力に触れる旅となり、作歌活動にとどまらない彼女の多彩な活動と、人間的な奥行きの深さを知っていただくきっかけとなれば幸いです。

・本書での歌の表記は歌碑の刻字にしたがっています。そのため原典と異なる文字表現がありますことをあらかじめおことわりします。
・与謝野鉄幹については「鉄幹」の号を用いず、「寛」で統一しました。
・晶子の歌碑と寛の歌碑が２基で一対の碑として建立されている場合、１基として数えました。

与謝野晶子略年譜

明治 11 年（1878）12 月 7 日、大阪府堺区（現大阪府堺市）甲斐町に菓子商駿河屋２代目鳳《ほう》宗七・つねの３女として誕生。戸籍名志よう。

21 （1888） 宿院尋常小学校卒業、新設の区立堺女学校（現在の大阪府立泉陽高等学校）に入学。

22 （1889） この頃から店番をしながら父の蔵書の古典類を読みふける。

29 （1896） 短歌結社堺敷島会入会。機関誌「堺敷島会歌集」に短歌を発表する。

32 （1899） 浪華青年文学会（後の関西青年文学会）堺支会入会。

33 （1900） 「明星」創刊。東京新詩社の同人となる。８月、関西に来た与謝野寛に初めて会い、浜寺に遊ぶ。11 月、寛、山川登美子とともに京都に遊ぶ。

34 （1901） ６月、上京。８月、『みだれ髪』刊、青年層に熱狂的な支持を受ける。９月、寛と結婚式を挙げる。

37 （1904） 「君死にたまふこと勿れ」発表。

39 （1906） 歌集『夢之華』発表。

41 （1908） 11 月、「明星」終刊。

42 （1909） 「源氏物語」現代語訳執筆開始。

43 （1910） 栃木旅行。

44 （1911） 夏、福島旅行。11 月、寛渡欧。『春泥集』、評論集『一隅より』刊行。

大正元年（1912） ５月、寛のあとを追って渡欧。10 月、帰国。『青海波』刊行。

3 （1914） 『巴里より』（寛共著）刊行。『新訳栄華物語』刊行。

4 （1915） 寛の衆議院議員立候補の応援のため京都へ赴く。

7 （1918） 11 月、九州へ旅行。

8 （1919） 千葉、茨城旅行。

9 （1920） ８月、長野の星野温泉にて文化学院創立の相談を受ける。

10 （1921） 文化学院創立、学監となる。第二次「明星」創刊。

大正 11 年（1922）	静岡、群馬、神奈川旅行。9 月、歌集『草の夢』刊行。
12 （1923）	静岡、神奈川旅行。関東大震災のため完訳間近の源氏物語の原稿大部分焼失。
13 （1924）	長野、新潟、宮城、滋賀、京都へ旅行。
14 （1925）	長野、神奈川、栃木、静岡、秋田、青森、岩手へ旅行。1 月、歌集『瑠璃光』刊行。
昭和元年（1926）	静岡旅行。
2 （1927）	京都、大阪、奈良、埼玉、栃木、長野へ旅行。4 月、第二次「明星」終刊。9 月、荻窪の新築家に転居。
3 （1928）	5 月、6 月、南満州鉄道本社の招待で満州蒙古へ旅行。10 月、山梨旅行。
4 （1929）	京都、愛知、鹿児島、福岡、大分、岡山へ旅行。50 歳の誕生祝いに和室、冬柏亭を贈られる。12 月、『霧嶋の歌』（寛と共著）刊行。
5 （1930）	静岡、神奈川、京都、兵庫、鳥取、島根、山梨へ旅行。文化学院女学部長となる。3 月、「冬柏」創刊。『満蒙遊記』（寛との共著）刊行。
6 （1931）	1 月、石川旅行。5 月、北海道旅行。11 月、香川、愛媛旅行。『街頭に送る』刊行。「北海の旅」「北海道を詠まれたる歌」印刷。
7 （1932）	8 月、大分、熊本旅行。
8 （1933）	5～6 月、北海道講演旅行。6 月末、岡山講演旅行。11 月、富山、石川、福井旅行。東京高島屋で寛・晶子の著作展覧会。
9 （1934）	10 月、新潟旅行。
10 （1935）	2 月、寛らと静岡旅行。3 月 26 日、寛が肺炎のため死去。6 月、新潟、山形旅行。
12 （1937）	7 月、箱根旅行。8 月、高野山、堺へ旅行。9 月、長野旅行。
13 （1938）	『新新訳源氏物語』刊行。翌年完結。
15 （1940）	1 月、山梨を旅行。4 月、静岡、愛知から京都、奈良、大阪を旅行。5 月、脳溢血でたおれる。右半身不随。
17 （1942）	5 月 29 日、病状悪化、狭心症をともない死去。遺稿集『白桜集』（平野万里編）刊行。

堺の晶子の歌碑

与謝野晶子は、明治 11 年（1878）12 月、当時の堺県甲斐町で菓子商駿河屋の三女として生まれた。晶子生誕の地である堺には、短歌、古典研究、評論活動、教育活動など晶子の活動を顕彰する市民団体ほか、学校、各種団体等により、現在 19 基の歌碑が建立されている。7ページのイラストに示すように、これらの歌碑は近い距離にあるものが多いので、ゆっくり歩いて回ることができる。堺の歴史は古く、市内には歴史的な情趣を感じられる場所が今も多く残る。歌碑をめぐるとともにこうした町並みをながめることもまた、ひとつの楽しみである。

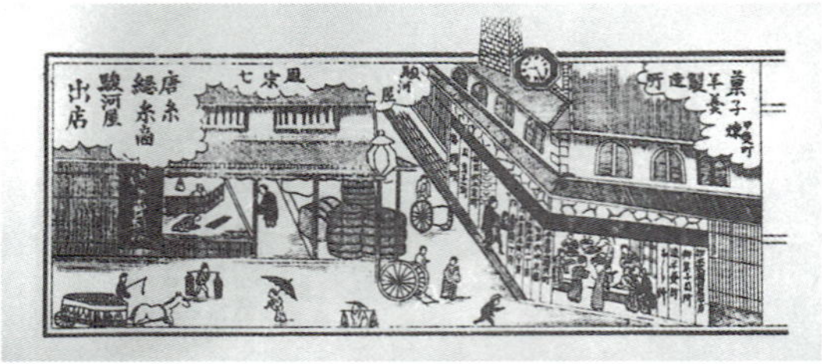

明治初期の晶子の生家駿河屋（明治初年和泉豪商名家図譜）

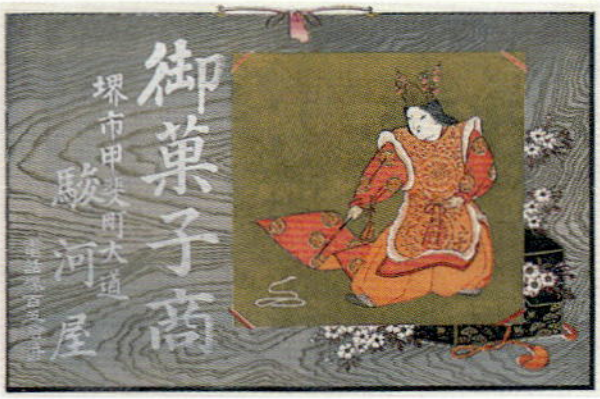

駿河屋引札（堺市立中央図書館所蔵）

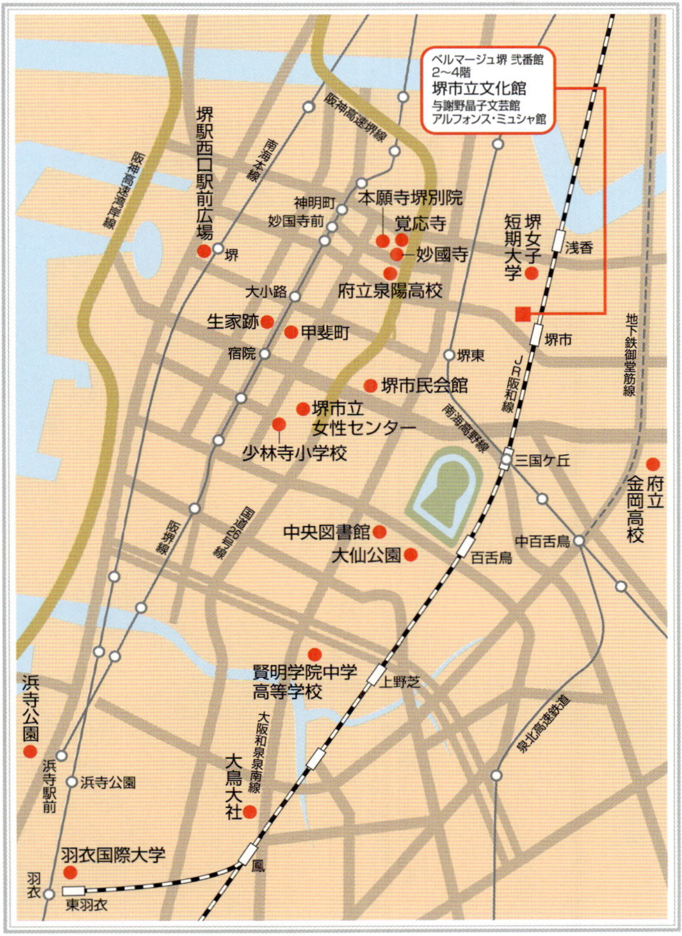

堺市内の歌碑、詩碑、モニュメント

堺市内歌碑めぐりモデルコース

——堺時代の晶子ゆかりの場所をたどる——

晶子文芸館・寺町エリア

スタート
JR堺市駅
3分
10:00
与謝野晶子文芸館
南海バス「阪和堺市駅前」から「瓦町公園前」
10分
泉陽高校
10分
妙國寺
7分
本願寺堺別院
2分
覚応寺
5分
阪堺線「神明町」

《寺町エリア》

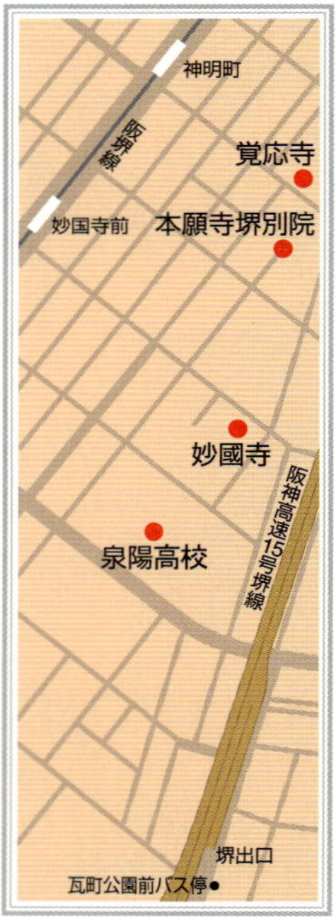

宿院エリア

「神明町」からチンチン電車で7分
阪堺線「宿院」下車
5分
12:30
生家跡
2分
甲斐町
見所の多い宿院界隈
山之口商店街、利休屋敷跡ほか
開口神社
7分
阪堺線「宿院」

浜寺公園

「宿院」からチンチン電車で15分
阪堺線「浜寺駅前」下車
5分
浜寺公園
3分
南海本線「浜寺公園」
10分
16:00
西口駅前広場
南海本線「堺」駅
ゴール

《宿院エリア》

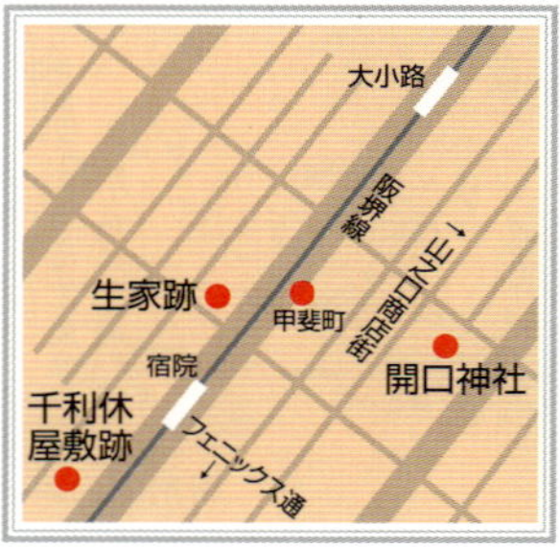

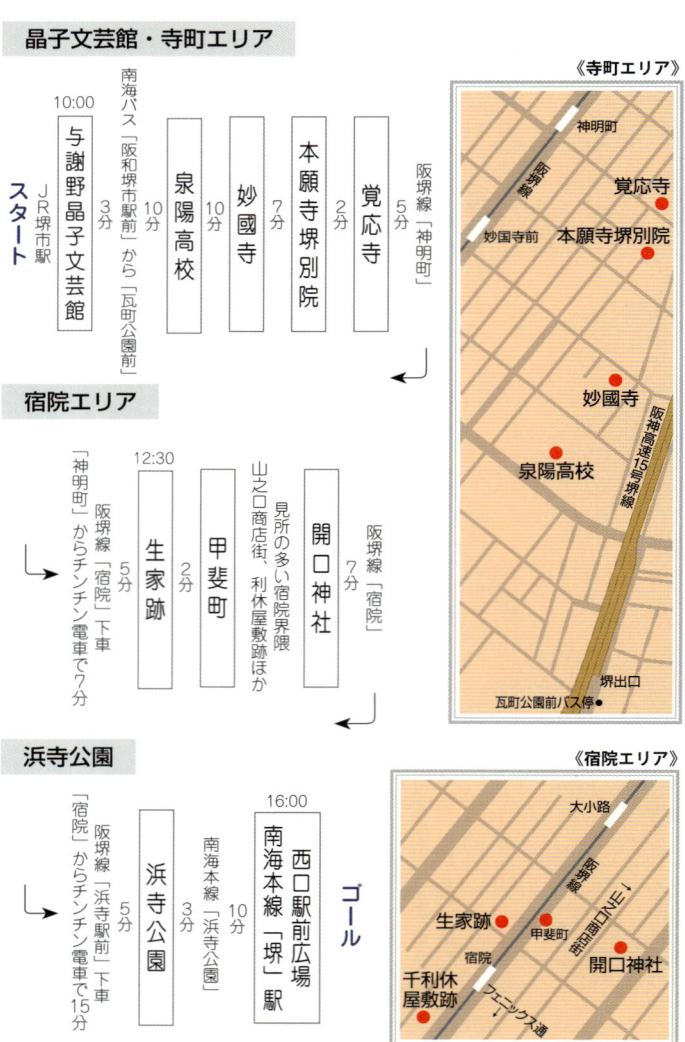

①

②

③

①ベルマージュ堺弐番館内にある与謝野晶子文芸館。晶子の堺時代の資料や、自筆の原稿などを展示している。②寛と晶子が荻窪の家で使用していたタンス、鏡台、小卓など。

③妙國寺境内の大蘇鉄は、織田信長により安土城に移された時、毎夜「堺に帰りたい」と泣いたため、堺に戻されたという樹齢1,100年を数える伝説の樹。国指定の天然記念物。

文芸館で予習をしてから歌碑めぐりへ

与謝野晶子文芸館には、晶子直筆の原稿や生誕地ならではの資料が展示され、作歌活動のほか古典研究、評論、教育など、多彩な分野で活躍した晶子の全体像に触れることができる（写真①、②）。

文芸館を出たら、バスで晶子の母校、大阪府立泉陽高校（当時は堺女学校）へ。歌碑と並んで建てられた副碑のスイッチを入れると、泉陽高校の生徒による「君死にたまふこと勿れ」の合唱が聞こえてくる。

歴史的情緒漂う寺町界隈

泉陽高校の北には、妙國寺、本願寺堺別院、覚応寺など境内に晶子の歌碑が建てられた寺院がある（写真③、④、⑤）。このあたりを含む錦之町東から南旅篭町東にかけて、南北、帯状に寺院が集中して寺町を形成している。戦災に遭わなかった北旅篭町周辺には、重要文化財山口家住宅や鉄砲鍛冶屋敷をはじめ、古い町並みがよく残っていて、歴史的情緒を堪能することができる。

④

④明治初年、堺県の県庁が置かれた本願寺堺別院は、堺最大の木造建築。

⑤

⑤覚応寺の周辺は今も当時の面影をしのばせている。住職の河野鉄南は晶子と寛を引き合わせた人物。

⑥

⑦

⑧

⑥通称チンチン電車。大阪市内の恵美須町から浜寺駅前までを走る。⑦フェニックス通りの並木。戦後復興が遅れるなか、堺市は昭和 25 年のジェーン台風で災害の追い打ちを受けた。不死鳥の名を持つこの木に夢を託し、昭和 30 年に植樹された。⑧生家跡の碑。晶子は少女時代から父の蔵書の古典に親しみ、紫式部や清少納言の作品に思いを馳せた。

堺の旧市街、宿院界隈

覚応寺の後は路面電車（写真⑥）に乗って晶子生家跡がある宿院へ。電車を降りてすぐ、大道筋（紀州街道）と「フェニックス通り」の交差点がある。「フェニックス通り」は中央分離帯のフェニックス並木が特徴で、日本の道 100 選の一つである（写真⑦）。

宿院界隈は堺の旧市街の中心で、周辺には古い刃物の店や和菓子屋など、伝統のある老舗も多い。晶子の生家駿河屋菓子店もかつて大道筋に面して建っていた。現在、路面電車が通る大道筋の歩道の緑地帯に生家跡の碑（写真⑧）と歌碑が建てられている。通りを隔てた向かい側の街路樹帯にも、もう 1 基歌碑（道標）がある。

晶子が子供のころによく遊んだ開《あ》口《ぐち》神社（写真⑩）や、茶聖千利休屋敷跡（写真⑨）もここから近い。大道筋を東に 2 筋入ると、昔ながらの風情が残る山之口商店街があり、歩くと楽しい（写真⑪）。

⑨

⑩

⑪

⑨宿院には千利休屋敷跡もある。利休ゆかりの「椿の井戸」が今も残っている。

⑩⑪生家跡からは、開口神社や山之口商店街がすぐ近く。

⑫

⑬

⑭

⑮

⑫浜寺の松は伐採される予定だったが、これを惜しんだ大久保利通の和歌がきっかけとなり、伐採は取りやめとなった。現在でも美しい松林が残る。⑬浜寺界隈には、純和風や洋風の邸宅が並び、落ち着いた雰囲気の町並みが残る。写真の近江岸邸は著名な建築家ヴォーリズの設計で登録文化財。⑭浜寺公園駅舎は明治 40 年の建築。赤レンガの東京駅を設計した辰野金吾の作で、国の登録文化財。⑮浜寺水路の夕景

晶子と寛の出会いの地、浜寺

宿院から再び路面電車で浜寺へ。浜寺は晶子と寛の出会ったゆかりの地。明治 33 年 8 月、寛が浜寺の旅館寿命館で催した歌会に晶子が参加した。浜寺公園の歌碑は、寿命館があった場所に建てられている。歌人たちが散策した浜寺公園界隈は、古来から白砂青松の地として知られ、美しい松林は、今も当時の面影を伝えている。

浜寺を散策したら南海本線「堺」駅へ。駅の西口駅前広場に建つ晶子立像が歌碑めぐりのしめくくりとなる。等身大の立像は短冊と筆を手に作歌中の姿を模したもの。

参考
- 堺市立文化館・与謝野晶子文芸館　072-222-5533
- （社）堺観光コンベンション協会　072-233-5258
- 堺観光ボランティア協会　072-233-0531
  ボランティアによる観光ガイドあり。事前申込があればツアーガイドも可能。

堺駅西口駅前広場

ふるさとの潮の遠音《とおね》のわが胸にひびくをおぼゆ初夏の雲

明治38年6月の「明星」にある歌。

平成10年5月29日、堺陵東ライオンズクラブによって、晶子生誕120年と同クラブの25周年を記念して、晶子の等身大のブロンズ立像が建立された。その台座に歌が刻まれている。デザインは玉野勢三氏、歌の筆は草野明子氏。

場所　堺市堺区戎島町4丁45- 1
交通　南海本線堺駅下車。
問合先　堺市国際文化部　072-228-7143
URL：http://www.city.sakai.osaka.jp/

大阪府堺市

生家跡

海こひし潮の遠鳴りかぞへつゝ少女《おとめ》となりし父母の家

昭和36年5月28日、晶子没後20年の「晶子二十年祭」の行事の一つとして堺市教育委員会により建立された。堺市内に建てられた最初の晶子歌碑。

自筆。晶子の生家、駿河屋菓子舗は碑の東、現在、路面電車の通るあたりにあった。建立の当初は、阪堺電車のグリーンベルトに設けられたが、昭和61年、生家の裏口にあたる現在の位置に移動された。

場所　堺市堺区甲斐町西1丁1

交通　阪堺電車阪堺線宿院駅下車、北へ約150m。大道筋の西側歩道にある。

問合先　堺市文化財課　072-228-7198

甲斐町

菜種の香古きさかいをひたすらむ踏ままほしけれ殿《との》馬《ば》場《ば》の道

昭和６年４月に母校、堺女学校の同窓会に招かれたが出席できず、代わりに電報でこの歌を送った。

平成２年７月 25 日、フジサンケイグループの大阪モニュメント計画の 52 基目として建立された。歌は向かって右側面にある。

場所　堺市堺区甲斐町東１丁１‐８

交通　阪堺線東側、大小路駅と宿院駅の間の歩道にある。

問合先　堺市土木部路政課　072-228-7417

大阪府堺市

本願寺堺別院

**劫初《ごうしょ》より作りいとなむ殿堂にわれも黄金《こがね》の
釘《くぎ》ひとつ打つ**

歌集『草の夢』巻頭の歌。自筆。

建立は昭和 43 年5月 26 日、晶子ファンの集りである「与謝野晶子の会」による。

大門を入って、本堂の前、向って左側に碑がある。

場所　堺市堺区神明町東3丁1-10

交通　阪堺線神明町駅下車、東へ 200 m。南海高野線堺東駅から10分。

問合先　本願寺堺別院　072-232-4417

覚応寺

その子はたちくしにながるゝくろかみの
おごりの春のうつくしきかな

昭和 46 年５月 29 日、「与謝野晶子の会」が覚応寺に寄贈した。

覚応寺の先代住職河野鉄南氏は寛と少年時代から親交があり、浪華青年文学会の機関誌「よしあし草」によって、晶子とも歌を通じて親しかった。晶子を寛に紹介したことから、二人の仲人を自認していたという。毎年晶子の命日である５月 29 日、同寺で晶子をしのぶ「白桜忌」が催されている。

自筆。扇面に書かれたもので、現在、堺市博物館が所蔵している。

場所　堺市堺区九間町東３丁１-49

交通　本願寺堺別院の北に道を隔てて接している。交通の便は本願寺堺別院におなじ。

問合先　覚応寺　072-238-6835

妙國寺

故郷

堺の街の妙國寺
その門前の庖丁《ほうちょ》屋《や》の
浅葱《あさぎ》暖簾《のれん》の間から
光る刃物のかなしさか

御寺の庭の塀の内
鳥の尾のよにやはらかな
青い芽をふく蘇鐵をば
立って見上げたかなしさか

御堂の前の十《とう》の墓
佛蘭西《フランス》船《ぶね》に斬り入った
重い科《とが》ゆゑ死んだ人
その思出のかなしさか

いいえ それではありませぬ
生まれ故郷に来は来たが
親の無い身は巡禮の
さびしい気持になりました

明治 44 年 6 月に発表された詩。

平成 14 年 12 月 8 日、妙國寺住職に就任した岡部泰鑑氏が妙國寺を詠った晶子の詩を石碑に刻んで建立した。

場所　堺市堺区材木町東 4 丁 1 - 4

交通　阪堺線妙国寺前駅下車、東へ徒歩 5 分。

問合先　妙國寺　072-233-0369

その他　拝観料は 400 円。

大阪府立泉陽高等学校

あゝをとうとよ 君を泣く
君死にたまふことなかれ
末に生まれし君なれば
親のなさけはまさりしも
親は刃《やいば》をにぎらせて
人を殺せとをしへしや
人を殺して死ねよとて
二十四までをそだてしや

明治37年9月、「明星」に発表の詩、「君死にたまふこと勿れ」の第1連。晶子は日露戦争中、兵役にあった弟の身を案じてこの詩を発表した。この詩のせいで、国家に対して不忠であるという批判を受けたが、晶子は自分の真の心を表現したものだと反論した。

昭和46年10月2日、大阪府立泉陽高等学校創立70周年記念行事の一つとして建立。同校の前身は市立堺高等女学校、その前身が堺女学校で、晶子は堺女学校の卒業である。

場所　堺市堺区車之町東3丁2-1
交通　南海高野線堺東駅下車、徒歩10分。
問合先　大阪府立泉陽高等学校　072-233-0588

堺市民会館

母として女人の身をば裂ける血に清まらぬ世はあらじとぞ思ふ

昭和 62 年 5 月 30 日に、「晶子をうたう会」によって建立された。晶子の歌、詩に曲がつけられて歌曲となったものも少なくない。これを歌う会が「晶子をうたう会」である。同会が第 5 回リサイタルの公演を記念して堺市に寄贈した。

晶子のブロンズマスクは彫刻家白石正義氏、筆は晶子の末女森藤子氏。

場所　堺市堺区翁橋町 2 丁 1 - 1

交通　南海高野線堺東駅下車、南西へ徒歩 10 分、大阪中央環状線の大通り（フェニックス通り）を右へ。

問合先　堺市民会館　072-238-1481

大阪府堺市

堺女子短期大学

山の動く日

山の動く日きたる、
かく云えど、人これを信ぜじ。
山はしばらく眠りしのみ、
その昔、彼等みな火に燃えて動きしを。
されど、そは信ぜずともよし、
人よ、ああ、唯だこれを信ぜよ、
すべて眠りし女、
今ぞ目覚めて動くなる。

「青鞜」創刊号（明治 44 年）の巻頭に載せた詩。1960 年の７月、国連婦人年 10 年の締めくくりのナイロビ大会で、日本の森山主席代表が朗読し、女性の自立と解放を求めるシンボルとなった。

昭和 62 年４月７日、「晶子をうたう会」が建立し、同大学に寄贈した。

碑には、詩のノルウェー語訳と裏面に 1986 年５月９日に成立したノルウェー内閣の女性閣僚８名の名が刻まれている。この内閣は 18 名の閣僚のうち８名が女性であった。碑の裏面に「晶子の夢ノルウェーに実る」の文がある。

場所　堺市堺区浅香山町１丁２-20

交通　ＪＲ阪和線浅香駅下車、西へ５分。

問合先　堺女子短期大学　072-227-8814

堺市立女性センター

地ハひとつ大白蓮の花とみぬ雪の中より
日ののぼるとき

堺市立女性センターの玄関ロビーに、晶子の立像がある。堺市女性団体協議会が創立45周年を記念して、平成6年2月15日に建立した。大正13年10月、東京の築地小劇場で自作の詩を朗読した姿をモチーフにしてある。台座に「山の動く日きたる」の一節、「すべて眠りし女、今ぞ目覚めて動くなる」が刻まれている。

建物入口脇には平成10年10月2日、同じ堺市女性団体協議会によって歌碑が建立されている。同会の創立50周年を記念したものである。明治39年9月に刊行された『夢之華』にある歌が選ばれている。筆は園村紅萼氏、デザインは石坂義男氏。

場所　堺市堺区宿院町東4丁1-27
交通　南海バス大寺南門山之口前下車、南東徒歩5分。
問合先　堺市立女性センター　072-223-9153

大阪府堺市

少林寺小学校

をとうとはをかしおどけし紅き頬に涙流して笛ならうさま

明治38年6月の「明星」に掲載された歌。

堺市立少林寺小学校（元、宿院尋常小学校）は晶子の母校である。その創立120周年の記念として同校によって平成5年に建立された。

場所　堺市堺区少林寺町東4丁1－1

交通　阪堺線寺地町駅下車、東へ徒歩5分。

問合先　少林寺小学校　072-232-1126

堺市立中央図書館

堺の津南蛮船の行き交へば春秋いかに入りまじりけむ

歌は昭和５年、「堺市史」の完成に寄せられたもので、堺の歴史の中でもっとも華やかな時代——豪商が多数集まり、鉄砲に代表される産業を生み、自治都市として繁栄をきわめた安土・桃山時代——を詠んだものである。

昭和 53 年 10 月 12 日、与謝野晶子生誕 100 年記念事業委員会によって建立された。

場所　堺市堺区大仙中町　大仙公園内

交通　ＪＲ阪和線百舌鳥駅下車、大仙公園の中を歩いて約５分、図書館の正面玄関。

問合先　堺市立中央図書館　072-244-3811

大阪府堺市

大仙公園

花の名は一年草もある故に忘れず星は忘れやすかり

大阪南部花商組合が花の供養をかねて、花に対する感謝の気持ちから建てたもの。花が詠われているところから、この歌が選ばれた。

建立は昭和 61 年 11 月 23 日。

場所　堺市堺区大仙中町

交通　堺市立中央図書館横、交通の便は中央図書館におなじ。

問合先　大仙公園事務所　072-241-0291

賢明学院高等学校・中学校

少女子《おとめご》の祈りの心集まればましてマリヤの御像《おんぞう》光る

大正 14 年刊行の『瑠璃光』にある歌。

平成 12 年 2 月 14 日、賢明学院の平成 11 年度高等学校卒業記念に合わせて建立された。聖フランシスコ・ザビエル来堺 450 年も記念している。筆は、元教頭の藤田茂氏。

場所　堺市堺区霞ヶ丘４丁３-30

交通　南海バス霞ヶ丘下車、東へ徒歩５分。

問合先　賢明学院　072-241-1679

大阪府堺市

大鳥大社

和泉なるわがうぶすなの大鳥の宮《みや》居《ゐ》の杉の青きひとむら

大正３年１月１日「社頭の杉」（『時事新報』）掲載の１首。

晶子が自身のことを綴った『私の生ひ立ち』の中に大鳥大社の鳥居、御輿のことを書いている。

平成 18 年 12 月７日、「与謝野晶子倶楽部」によって、同倶楽部設立 10 年記念に建立された。同倶楽部は晶子を学び、研究し、顕彰する総合的な組織として平成９年に結成された。筆は与謝野晶子倶楽部名誉会長の田辺聖子氏。

場所　堺市西区鳳北町１丁１－２

交通　ＪＲ阪和線鳳駅下車、北へ徒歩７分。

問合先　与謝野晶子倶楽部　072-228-7143

大阪府堺市

羽衣国際大学

朝ぼらけ羽ごろも白の天の子が乱舞するなり八重桜ちる

大学の新学舎落成を記念して、卒業後の乙女たちの華麗な活躍と多幸を祈念して建立された。碑文には、同大学国文科の明石利代先生（晶子の研究家）の助言もあり、歌中に羽衣の語があって、うら若い乙女の乱舞、活躍のイメージと重なるこの歌が選ばれた。

碑の建立は昭和 61 年 10 月 24 日。

建立者は同学園保護者会、後援会。筆は杉岡華邨氏。

場所　堺市西区浜寺南町 1 丁 89- 1

交通　ＪＲ阪和線支線東羽衣駅または南海本線羽衣駅下車、徒歩 10 分。

問合先　羽衣国際大学　072-265-7000

大阪府堺市

浜寺公園

ふるさとの和泉の山をきはやかに浮けし海より朝風ぞ吹く

明治 33 年８月、来阪した与謝野寛は、浜寺の寿命館で河野鉄南、山川登美子、晶子らと歌会を開いた。これが晶子と寛の愛のプロローグとされる。碑身はそのとき晶子の詠った「わが恋をみちびくほしとゆびざして君ささやきし浜寺の夕」のゆびさしてのイメージをデザインしたもの。制作は彫刻家白石正義氏。

建立は昭和 41 年７月 17 日、「与謝野晶子の会」による。

場所　堺市西区浜寺公園町２丁

交通　阪堺線浜寺駅前駅から２分、または南海本線浜寺公園駅から５分。

問合先　浜寺公園管理事務所　072-261-0936

大阪府堺市

大阪府立金岡高等学校

金色のちひさき鳥のかたちして銀杏ちるなり夕日の岡に

明治38年1月号の「明星」に掲載された歌。金岡高等学校の「金」「岡」の2文字が読み込まれていることから選ばれた。

平成15年2月21日、同校創立30周年を記念して建立された。同校の第27期卒業生の寄贈による。筆は同校芸術科教諭の中山園子氏。

場所　堺市北区金岡町2651
交通　南海高野線初芝駅下車、北へ15分。

晶子のふるさとへの思い

与謝野晶子に「古さとの小さき街の碑に彫られ百《もも》とせの後あらむとすらむ」という歌がある。これは1910年（明治43年）8月発行の『文章世界』5巻10号に発表された作品である。その頃彼女は東京に住んでいたが、封建道徳や軍国主義というタブーに果敢に挑戦した晶子は、ふるさと堺では「堺の恥」と言われ、堺女学校（現、泉陽高校）では、同窓会名簿から削除しようという意見さえ飛び出した。

非難したのは堺の人達だけではないが、そういういわば四面楚歌の中にあって晶子は、百年たったら堺には私の碑が建つ、と昂然と言い放ったのである。まことに自信に満ちた歌である。

彼女の予言は、百年の丁度半分を超えた51年目の1961年（昭和36年）に実現された。それが生家跡（厳密にいうと少しずらしてあるが）に建った歌碑（13ページに紹介）である。それを契機として、堺市内には次々に歌碑、詩碑、銅像などのモニュメントが建てられ、その数は今や20になんなんとする。堺市内に建つ晶子の詩歌碑には、激情がおさまったあとの望郷の歌が多いが、女性解放や反戦平和を訴えたものも見逃すことはできない。

春秋のうららかな一日、冒頭の歌からまさに百年、今や転じて「堺の誇り」となった晶子のよすがを訪ねて、碑めぐりをしたいものである。

元大谷女子大学教授　入江春行

北海道・東北

( ) 内の数は碑の数を表わす

洞爺湖町　洞爺湖畔

山畑にしら雲ほどのかげらふの立ちて洞爺の梅さくら咲く　　晶子

船着けバ向《むこう》洞爺の桟橋に並木を出でて待てるさとびと　　寛

昭和６年６月４日晶子夫妻は洞爺《とうや》村を訪れている。札幌、小樽など道内講演旅行の途中、洞爺湖温泉三樹園に２泊した。

碑は昭和 53 年６月４日、洞爺観光協会（現在の洞爺まちづくり観光協会）によって建立された。筆は夫妻の門下西村一平氏。

場所　北海道虻田郡洞爺湖町　洞爺桟橋横

交通　ＪＲ室蘭本線洞爺駅から道南バスにて洞爺湖温泉行き終点下車、洞爺水の駅行きに乗り換え、終点下車。

または、ＪＲ札幌駅から道南バス（予約制）で洞爺水の駅下車。

問合先　ＮＰＯ法人洞爺まちづくり観光協会　0142-82-5277

豊浦町　礼文華海岸

数しらぬ虹となりても掛かるなり羊蹄《ようてい》山の
六月の雪　　　晶子

有珠《うす》の峰礼文の磯の大岩のならぶ中にも
我を見送る　　寛

晶子夫妻は洞爺湖温泉に２泊したあと、６月５日に函館に向かう長輪線（現在のＪＲ室蘭本線）の車中でも歌を詠んでいる。大岩の並ぶ礼文華《れぶんげ》海岸の景観は当時から美しかった。

建立は昭和 62 年７月 18 日、文学碑公園に斎藤茂吉の歌碑、伊藤整の随筆碑とともに建立除幕された。

場所　北海道虻田郡豊浦町字礼文華　豊浦町文学碑公園
交通　ＪＲ室蘭本線大岸駅または礼文駅下車約 2km。
問合先　ＮＰＯ法人豊浦観光ネットワーク　0142-83-2221

函館市　立待岬

琢木の草稿岡田先生の顔も忘れじ
はこだてのこと　　晶子

浜菊を郁雨が引きて根に添ふる立待岬の
岩かげの土　　　　寛

　夫妻は昭和６年６月の北海道旅行の最後に函館を訪れた。歌中「琢木」は石川琢木、「岡田先生」は元函館図書館長岡田健蔵氏、「郁雨《いくう》」は歌人の宮崎郁雨。立待岬は寛の全集中には立待崎《たちまちざき》とあり、碑の建立にあたって宮崎郁雨が立待岬と改めたという。読みは「たちまちざき」とするのが原典に近い。浜菊は小浜菊のことで岩菊の一種。以前は岬に点々と白い花を咲かせていたが、最近は見あたらない。建立は昭和32年８月15日、岬に露出した岩塊に仙台石のプレートをはめ込んである。

場所　北海道函館市住吉町16
交通　ＪＲ函館本線函館駅下車、駅前から谷《や》地《ち》頭《がしら》行きの市電に乗り終点下車、徒歩15分。
問合先　函館市観光課　0138-21-3323

板柳町　あぷる

つがる獅子わがためまいぬ夕月夜林檎の畑をいでてきつれば　晶子

神さひてあおげば高き住吉の松のむかしをたれにとわまし　寛

晶子夫妻は大正14年9月、招かれて板柳町を訪れている。5日間にわたって万葉集と源氏物語の講習会を開き、多大の感銘を与えたという。歌碑はその来訪70周年を記念して平成3年に建立された。

歌中の「住吉の松」は岩木川に近い表町にある住吉神を祭る海童神社境内の松をさしている。

場所　青森県北津軽郡板柳町大字灰沼字岩井　多目的ホール「あぷる」内左手の駐車場横

交通　ＪＲ五能線板柳駅下車、徒歩10分。

または、ＪＲ弘前駅前バスターミナル7番乗り場から板柳・十腰内線バスに乗り、板柳案内所下車、徒歩5分。

問合先　あぷる　0172-72-1800

板柳町　アップルモール

まばゆかる大和錦と云える名の林檎の枝に
かかる月かな　　晶子

みちのくの津軽の友の
云ひしこと今ゆくりなく
思ひ出で涙流るる
悲しやと、さまで身に沁む
筋ならず聞きつることの
年を経て思はるゝかな
おん寺の銀杏の大木
色うつり黄になる見れば
朝夕になげかかるなり
忌はしく、ゆかしき冬の
近づきしこと疑ひも
なきためと友は云ひてき

今われが柱に倚りて
見るものに青々たらぬ
木草なし満潮どきの
海鳴りのごと蝉の鳴く
八月に怪しく見ゆれ
みちのくの板柳町
岩木川流るるあたり
古りにたる某寺の

境内の片隅にして
上向きに枝を皆上げ
葉のいまだ厚き銀杏の
黄に変り冬を示せる

立姿かの町びとの
目よりまた除きがたかる
寂しさの備る銀杏
うつゝにし見るにはあらず
この庭に立つにはあらず
おとろへし命の中に
北の津軽の
黄葉する大木の銀杏

晶子　「幻の銀杏」より

わが妻がとりて嗅ぎつつものを書く津軽のりんご
赤くゆたけし　　寛

晶子夫妻と交友のあった板柳の安田蛇苺（秀次郎）の働きかけによって、大正 14 年９月に夫妻は同地を訪れ、当時の資産家で町の文化発展に尽力した松山鉄三郎宅に５日間、滞在した。鉄三郎氏の子、瑠璃氏が中央の雑誌に投稿した詩が、晶子に激賞された。それをきっかけとしたものであったといわれている。

平成 17 年４月 29 日、板柳町によって建立された。

場所　青森県北津軽郡板柳町大字板柳字土井 239-3　板柳町役場隣のアップルモール

交通　ＪＲ五能線板柳駅から徒歩 10 分。

問合先　板柳町建設課　0172-73-2111

板柳町から岩木山を望む

盛岡市　啄木記念館

いつしかと心の上にあとかたもあらずなるべき人と思はず　晶子

古びたる国禁の書にはさまれて日付のあらぬ啄木の文　寛

　啄木は、与謝野夫妻を深く敬愛していた。晶子も啄木の詩才を愛し、手縫いの着物をおくるなど、弟のごとく慈しんだ。夭逝した琢木への追悼の歌は夫婦で 12 首残されている。その中から 1 首ずつが選ばれている。

　平成 2 年 11 月 10 日、「みだれ髪の会」により建立。「みだれ髪の会」は、与謝野晶子ゆかりの地に晶子の歌碑を建てる目的で結成された団体。筆は、寛の歌が夫妻の最後の門下西村一平氏、晶子の歌は夫妻の末女森藤子氏。

場所　岩手県盛岡市玉山区渋民字渋民 9

交通　ＪＲ盛岡駅からいわて銀河鉄道に乗り換え渋民駅下車。

問合先　盛岡市観光課　019-651-4111
琢木記念館　019-683-2315
盛岡観光コンベンション協会　019-621-8800

花巻市　県立自然公園散策路

深山なるかじかに通ふ声もして岩にひろがる
釜ふちの滝　**晶子**

山あまたまろき緑を重ねたるなかに音しぬ
台川の水　**寛**

与謝野夫妻は昭和６年５月末に北海道旅行をしている。その帰途の６月７日に花巻温泉の松雲閣に投宿。眼前の渓谷美を詠った。

平成 11 年 11 月に花巻温泉（株）が建立した。筆は花巻市在住の小田島健光（岳堂）氏。

場所　岩手県花巻市湯本　県立自然公園散策路入口

松雲閣の前を 50 メートルほど行くと渓におりる散策路がある。

交通　ＪＲ花巻駅から台温泉行きバスで 20 分、花巻温泉下車。

問合先　花巻市観光課　0198-24-2111

花巻温泉　0198-37-1111

蔵王　青根温泉

碧《へき》瑠璃の川の姿すいにしへの奥の太守の
青根のゆぶね　晶子

石風呂の石も泉も青き夜に人とゆあみぬ
初秋の月　寛

大正10年9月7日、晶子夫妻は不忘閣に泊まっている。不忘閣は450年あまりも続いている青根の湯元で、伊達家の保養所であった。歌中の「奥の太守」は伊達家のこと。晶子の歌碑は昭和35年9月に建立された。

自筆。不忘閣の所蔵する短冊による。

青根物見台での夫婦

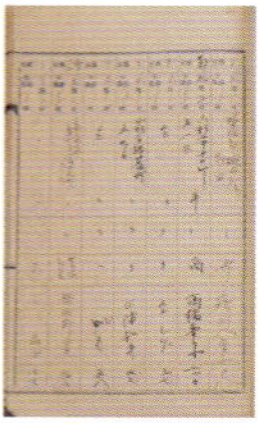

宿帳に残された筆跡

場所　宮城県柴田郡川崎町青根温泉1-1　不忘閣内
交通　ＪＲ東北新幹線白石蔵王駅下車、遠刈田《とおがった》温泉行きバス、終点下車。事前に連絡しておけば、バス停留所まで送迎あり。
問合先　不忘閣　0224-87-2011

福島市　飯坂温泉

飯坂のはりがね橋に雫《しずく》するあづまの山の水色のかぜ

明治44年夏、寛らとともに訪れたときの歌。当時の十《と》綱橋《つなばし》は10本の鉄線で支えられた吊り橋であった。

昭和43年8月10日、飯坂温泉観光協会の手で建立された。

明治時代の十綱橋

場所　福島県福島市飯坂町　愛宕山下新十綱橋北詰

交通　ＪＲ福島駅下車、福島交通飯坂線、終点下車。

問合先　飯坂温泉観光協会　024-542-4241

会津若松市　御薬園

秋風に荷葉《かよう》うらがれ香を放つおん薬園の池をめぐれば

昭和 11 年に晶子が御薬園《おやくえん》を訪れたとき詠んだ歌。

御薬園は会津若松藩松平氏の別荘。現在、園は公開されていて、会津藩関係資料を展示する資料館がある。

歌中、「荷葉《かよう》」は睡蓮《すいれん》のことで、同園の池の睡蓮は昔から有名であった。

昭和 37 年 11 月３日、同市在住の文学研究家小野寺佐氏により建立された。

場所　福島県会津若松市花春町

交通　ＪＲ磐越西線会津若松駅下車、まちなか周遊バス「ハイカラさん」、御薬園下車。

問合先　御薬園　0242-27-2472

会津若松市　東山温泉

湯の川の第一橋をわがこゆる秋の夕の
ひがし山かな

明治 44 年に晶子は寛らと東山温泉に泊まっている。昭和 11 年に再訪しているが、歌はそのときの作。

昭和 59 年 5 月 29 日、旅館「新瀧」（現在は、くつろぎ宿「新滝」と称している）、会津若松市教育委員会、ペンクラブ会員などの協力によって建立された。新瀧に残されていた自筆の掛軸から写した。

場所　福島県会津若松市東山町大字湯本字川向　第一橋脇
交通　ＪＲ磐越西線会津若松駅下車、飯盛山廻りもしくは鶴ヶ城廻りのバスに乗り、終点東山温泉駅下車。
問合先　くつろぎ宿「新滝」　0242-26-0001

鶴岡市　温海温泉

さみだれの出羽の谷間の朝市に傘してうるはおほむね女

昭和 10 年 6 月 30 日から晶子は温海《あつみ》温泉に 2 泊している。このときの歌が 11 首、『白桜集』にあるが、その中の一つ。現在も続く朝市の風景を歌ったものである。

建立は昭和 45 年 12 月、温海町観光協会。

場所　山形県鶴岡市湯温海

交通　ＪＲ羽越本線温海温泉駅下車。

問合先　あつみ観光協会　0235-43-3547

URL：http://www.atsumi-spa.or.jp/kanko_sozoro.html

上越・関東

村上(35)
佐渡
三条
長岡(2)
柏崎
妙高
那須塩原
みなかみ(6)
ひたちなか
渋川
香取
杉並(2)
嵐山
府中(3)
千葉
渋谷
山梨
富士河口湖(2)
藤沢
鎌倉
横須賀
勝浦
山中湖
増穂
湯河原
真鶴

村上市　瀬波温泉

いづくにも女《め》松《まつ》の山の裾ゆるく見ゆる瀬波に鳴る雪《ゆき》解《げ》かな

晶子は昭和 12 年２月に歌友である長岡市在住の羽賀虎三郎氏の招待で西村伊作夫妻とともに瀬波温泉を訪れて、養真亭に泊まっている。この滞在で晶子は噴湯、赤松、日本海を題材にして多数の歌を詠んでいる。

歌碑は昭和 55 年５月５日、「与謝野晶子歌碑建立会」によって建立された。自筆。

場所　新潟県村上市大字岩船　瀬波道玄池県民いこいの森内

交通　ＪＲ羽越本線村上駅下車、松喜和行きバス、村上市民会館前下車。

問合先　村上市観光協会　0254-53-2111

村上市　瀬波温泉

温泉はいみじき瀧のいきほいを天に示して逆しまに飛ぶ

昭和 12 年 2 月 12 日に訪れたときの歌。平成 16 年に瀬波温泉開湯 100 周年を記念して、噴湯会社によって建立された。

場所　新潟県村上市瀬波温泉　噴湯場（源泉やぐら）　グランドホテルはぎのや駐車場横の石段を上がる

交通　ＪＲ羽越本線村上駅前より岩船行きバスで約 10 分、瀬波温泉前下車。

問合先　村上市観光協会　0254-53-2111
瀬波温泉観光案内物産センター　0254-52-2656

村上市　瀬波温泉

瀬波濱宿のあるじが率ひつつ至れる中にあらぬ君かな　　他 44 首

平成 16 年にホテル「汐美荘」の玄関前に「晶子の愛し湯」を新設した際に、当地の風景に感動し、45 首もの歌を詠んだ晶子を紹介するために設けた。9 首の歌を記した板が 5 枚並んでいる。

場所　新潟県村上市瀬波温泉　夕映えの宿「汐美荘」玄関前の足湯場

交通　ＪＲ羽越本線村上駅前より岩船行きバスで約 10 分、瀬波温泉前下車。

問合先　汐美荘　0254-53-4288
村上市観光協会　0254-53-2111
瀬波温泉観光案内物産センター　0254-52-2656

その他　玄関前の足湯は無料で宿泊者以外でも自由に利用できる。

村上市　瀬波夕日の森散策コース

北海の寂しき色を人恐れまた来て立たず長き沙山　他 27 首

昭和 12 年に晶子が瀬波温泉を訪れたときに詠んだ 45 首の歌を全て、自然木の丸木を建てて散策コース沿いに並べた。現在、失われたものもあり、28 首 28 基が残っている。

場所　新潟県村上市岩船　瀬波夕日の森散策コース

散策コースの正式名称は「中部北陸自然歩道」で、通称「瀬波いこいの森」という。下越森林管理署の瀬波合宿所「松籟荘」を目印に、看板横を入って右手の細道沿いに歌碑が点在している。

交通　ＪＲ羽越本線村上駅下車、駅前より岩船行きのバスで約 10 分、瀬波温泉前下車。

問合先　村上市観光協会　0254-53-2111

瀬波温泉観光案内物産センター　0254-52-2656

佐渡市　真野公園

近づきぬ承久《じょうきゅう》の院二十にて移りましつる
大海の佐渡　晶子

真野のうら御船の着きし世のごとくなお悲めり
浪白くして　寛

大正 13 年に晶子夫妻は佐渡を訪れた。晶子は初めてであったが、寛は明治 35 年以来の２度目であった。佐渡の自然と承久の乱で敗れ、佐渡に流された順徳天皇の話は、二人に大きな感銘を与えたようである。佐渡で詠われた歌も多い。

歌碑は真野公園文学散歩道整備にともない平成２年に真野町によって建立された。晶子の歌碑は散歩道の最奥、真野湾を望む丘の中腹にあり、寛の歌碑は入り口近くにある。散歩道にはほかに尾崎紅葉ら 15 の碑がある。

場所　新潟県佐渡市真野　真野公園文学散歩道
交通　両津埠頭から新潟交通バス本線、佐和田バスステーションで小木行きに乗り換えて真野御陵入口下車、徒歩８分。
問合先　佐渡観光協会中央支部　0259-55-3589

三条市　六ノ町河川敷公園

くろ雲と越の大河の中に阿《あ》里《り》珊《さん》瑚《ご》の枝に似たる夕映

　昭和９年 10 月に晶子夫妻は三条の出身で新詩社同人、広川松五郎に招かれて三条を訪れた。五十嵐川が信濃川に注ぐ河口の雄大な夕暮れの景色に感動し、歌を詠んだ。

　平成３年に三条市によって建立された。

場所　新潟県三条市本町６丁目　信濃川堤の六ノ町河川敷公園入り口

交通　ＪＲ上越新幹線燕三条駅から弥彦線に乗り換えて北三条駅下車、徒歩 10 分。嵐川《らんせん》橋手前の交番から北へ 50 メートル。ＪＲ信越線東三条駅からバス、本町六丁目下車、徒歩２分。

問合先　三条市観光協会　0256-32-1311（三条市商工会議所内）

長岡市　信濃川河畔

①あまたある洲に一つづつ水色の越の山乗る
信濃川かな　　　　　晶子

②越ひろし長生橋の上しもにつらなれる山
他州にあらず　　　　晶子

落つる日を抱ける雲あり越の国大河を前に
しぐれんとする　　寛

いずれも昭和９年 10 月に新潟佐渡吟行の途中、信濃川にかかる長生橋で風景を詠じた歌。当時、長生橋は日本一長い木橋として知られていた。

①「あまたある……」の歌碑は平成２年３月、建設省北陸地方建設局信濃川工事事務所（現在、国土交通省北陸地方整備局信濃川河川事務所）によって、②「越ひろし……」「落つる日を……」の歌碑は平成２年 10 月９日、長岡市によって建立された。自筆の歌稿による。

①

②

場所　①新潟県長岡市　長生橋東側堤
②新潟県長岡市　長生橋東側ポケットパーク内

交通　ＪＲ上越新幹線長岡駅から徒歩 30 分。

問合先　長岡市観光課　0258-39-2221
URL：http://www.hrr.mlit.go.jp/shinano/tazuneru/53tugi/index.html

柏崎市　諏訪神社

たらひ舟荒海もこゆうたがはず番神堂の灯かげ頼めば

昭和15年、柏崎観光協会の藤田敬雨氏は杉並区に晶子を訪ね、柏崎に伝わる「おべん籐吉」の悲恋物語を語り、これにかかる作歌を依頼した。これに応じて詠まれた歌。

建立は昭和20年代初め。石工小林郡鳳氏が昭和15～16年にこの碑を刻んだが、太平洋戦争で建立は中断。終戦後、番神町の有志が諏訪神社境内に建立した。

場所　新潟県柏崎市番神２丁目

交通　ＪＲ信越本線柏崎駅下車、鯨波経由谷根《たんね》行きバス、番神堂入口下車。番神堂への参道を入って右手に諏訪神社がある。

問合先　柏崎観光協会　0257-22-3163

妙高市　池の平温泉

いみじくも不穢不濁なる二筋の流のはさむ山荘の路

歌碑は池の平温泉区協議会による建立。平成 12 年４月に令孫与謝野馨氏、五味恭子氏などが列席して、除幕式が行なわれた。歌碑横にはワシントン桜の里帰り種からの咢堂桜が植えられている。

昭和 13 年９月、池の平の尾崎行雄氏の別荘を訪ねた折に詠まれた歌。自筆。なお、尾崎行雄氏の別荘は現存しない。

場所　新潟県妙高市池の平温泉　池の平公民館前イベント広場

交通　ＪＲ信越本線妙高高原駅から杉野沢行きバス、いもり池入口下車すぐ。

問合先　池の平温泉観光協会　0255-86-2871

妙高高原

みなかみ町　永井本陣跡

訪ねたる永井本陣戸を開き明りを呼べば通ふ秋風

昭和６年９月７日に夫妻は永井本陣を訪ねている。昭和７年に本陣は取り壊されたが、この時はまだ文久元年に建てられたままの姿が残っていた。三国峠の法師温泉を訪れ、新治村から駕篭を仕立てて行った。法師温泉の長寿館に夫妻は１週間あまり滞在した。

昭和40年10月に建立。本陣の当主10代目笛木四郎右衛門氏が陣屋跡の碑を建てるときに、晶子の歌を共に刻んだ。自筆。

場所　群馬県利根郡みなかみ町永井

交通　ＪＲ上越新幹線上毛高原駅から関越バスで猿ヶ京温泉下車。ここから永井本陣跡まではタクシーを利用。

問合先　みなかみ町観光商工課　0278-62-2111
新治観光協会　0278-64-0081

みなかみ町　法師温泉

草まくら手枕に似じ借らざらん山のいでゆの丸太のまくら

昭和６年９月に夫妻は法師温泉長寿館に泊まっている。高村光太郎の紹介だったという。法師温泉は長寿館一軒の山深い温泉で、建物は江戸時代の旅籠の風情をとどめている。夫妻が泊まった部屋は現在も客室として使われている。直木三十五、東山魁夷、小松茂美などが定宿としていた。

もとは長寿館の大浴場にこの歌の碑があったが、平成５年３月に晶子没後 50 年を記念して村の観光協会が玄関口の庭に建立した。

筆は晶子の末女森藤子氏。

場所　群馬県利根郡みなかみ町永井　法師温泉　長寿館玄関口の庭

交通　ＪＲ上越新幹線上毛高原駅から関越交通バス猿ヶ京行きで 30 分。終点で町営バスに乗り継ぎ法師温泉行きで 20 分（町営バスは１日４便のみ）。

問合先　みなかみ町観光課　0278-64-0111

長寿館　0278-66-0005

みなかみ町　諏訪神社

水上の諏訪のやしろの杉むらのなかのさくらの白き初夏

昭和７年５月、水上を訪ねた折に詠まれた歌。昭和 57 年 11 月 1 日、水上町（現みなかみ町）によって建立された。

場所　群馬県利根郡みなかみ町川上

交通　ＪＲ上越線水上駅下車、上毛高原行きバスで諏訪神社下車。

問合先　みなかみ町水上支所観光商工係　0278-72-2111

みなかみ町　諏訪峡

岩の群おごれど阻むちからなし矢を射つつ行く若き利根川

昭和 57 年 12 月、水上町（現みなかみ町）により建立。

場所　群馬県利根郡みなかみ町川上　諏訪峡笹笛橋脇

交通　ＪＲ上越線水上駅下車、上毛高原行きバスで小学校下下車、道の駅水紀行館の遊歩道沿い。

問合先　みなかみ町水上支所観光商工係　0278-72-2111

みなかみ町　諏訪峡大橋

わが友がよもぎいろのあわせ着て仰げる雲の谷川が嶽

諏訪峡大橋の欄干中央張り出し部に設けられている。平成６年 10 月、大橋の完成とともにみなかみ町によって建立された。

場所　群馬県利根郡みなかみ町川上

交通　ＪＲ上越線水上駅下車、上毛高原行きバスで諏訪神社下車。

問合先　水上観光協会（水上駅前）　0278-72-2611

みなかみ町　三国路与謝野晶子紀行文学館

こすもすと菊ダリアなど少し咲き里人は云ふ
猿ヶ京城　　　　**晶子**

霧ふかし路は空にも入りたるや一音の雷《らい》
子《ね》の国に鳴る　　**寛**

晶子夫妻は歌友らと昭和６年９月に永井宿に遊んだ。寛亡き後、昭和 14 年にも晶子らは猿ヶ京温泉を訪れ、温泉と自然をこよなく愛し、180 首にのぼる歌を残した。

この歌碑は晶子没後 50 年を記念し、平成５年に新治村（現みなかみ町）が建立した。筆は晶子の末女森藤子氏。

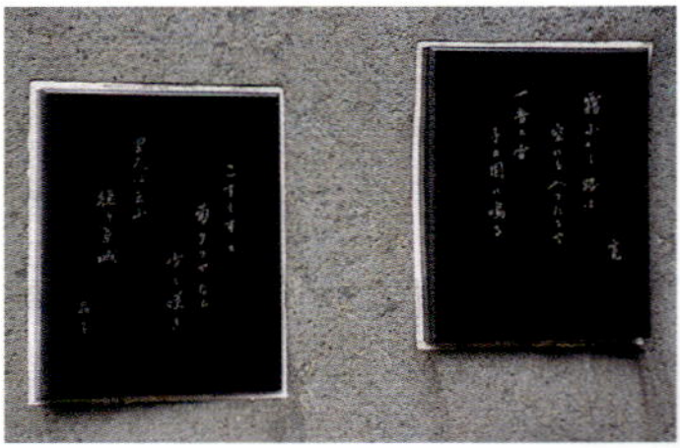

場所　群馬県利根郡みなかみ町猿ヶ京 1175　三国路与謝野晶子紀行文学館（椿山房）前

交通　ＪＲ上越新幹線上毛高原駅から関越バス猿ヶ京行き。猿ヶ京温泉下車徒歩５分。猿ヶ京観光ホテルから東へ 50 メートル。

問合先　みなかみ町観光課　0278-64-0111
三国路与謝野晶子紀行文学館　0278-66-1110

その他　水・木曜日休館（祝祭日は開館）。

渋川市　伊香保町

伊香保の街

榛《はる》名《な》山の一角に、段また段を成して、
羅《ロー》馬《マ》時代の野外劇場の如く、
斜めに刻み附けられた桟敷形の伊香保の街、
屋根の上に屋根、部屋の上に部屋、
すべてが温泉宿である。そして、榛の若葉の光が
柔かい緑で街全體を濡してゐる。
街を縦に貫く本道は雑多の店に縁どられて、
長い長い石の階段を作り、伊香保神社の前にまで、
Hの字を無数に積み上げて、
殊更に建築家と繪師とを喜ばせる。

伊香保石段街の石段の蹴込みに晶子の詩が刻まれている。町制施行100周年記念事業の一環として、「温泉都市計画第１号の碑」とともに平成２年３月30日、設置された。

場所　群馬県渋川市伊香保町　石段街
交通　ＪＲ上越線渋川駅下車、伊香保温泉行きバス、終点下車。
問合先　渋川市伊香保総合支所経済建設課　0279-72-3155

晶子にとっての旅

晶子の旅は、寛没後の旅を除けば、夫婦同伴の旅が 115 回以上になる。驚くべき数字である。短期の5日までの旅と、10 日以上、1か月にもなる長期の旅とに分けられる。旅の多さの理由は夫婦が優れた歌人であったことにあり、招待者は町の宣伝を期待しているのである。

旅の回数が増えるのは、末女藤子の誕生2年後の大正 10 年、「第二次明星」発行後であり、極端に多くなるのが昭和5年、「冬柏」発行後で、出版物が極端に少なくなった年からである（この要因は、同人の雑誌以外に発表するのを控えてほしいという要請があったことにもよるが）。雑誌発行には大変な経費がかかる。不思議なことであるが、収入の手段が「旅」になったのである。いわゆる「旅稼ぎ」を意識した時期である。短期の旅の多くは、新詩社同人達の吟行であり、遠距離の長期の旅の多くは招待によるものである。講演や揮毫（半折 10 円、色紙5円、短冊4円——昭和4年7月 26 日鹿児島朝日新聞。毎日遅くまでかかったたいへんな作業である）が、大いに意味を持つが、夫婦にとっては必ずしも楽しいだけの旅ではなかった。

現在、全国に夫婦の詩・歌碑が建立されているが、多くは町おこしのためである。しかし、歌碑建立には多くの人々の努力と思いが込められている。そのことだけでも大きな意味を持っているのである。

「晶子にとっての旅」とは、「旅稼ぎ」を手段としながらも、自らの短歌の追求を目的として、講演は女性の啓蒙家としての責任を果たすものであった。そして忘れてならないのは、寛への愛情こそが「旅」を続けさせた要因であるということである。

京都府立桃山高等学校講師　沖　良機

那須塩原市　塩原温泉

真夜中の塩原山の冷たさを仮にわが知る
洞門の道　　　　晶子

今日遊ぶ高き渓間の路尽きず山のあらはる
空のあらはる　　寛

昭和９年５月28日の「冬柏」（第５巻第６号）にある歌。
昭和42年８月ホテルニューますやの建立。
筆は自筆。

場所　栃木県那須塩原市塩原770　ホテルニューますや
交通　ＪＲ東北新幹線那須塩原駅下車、塩原温泉行きバス、終点下車。
問合先　ホテルニューますや　0287-32-2001

ひたちなか市　湊公園

那珂川の海に入るなるいやはての海門橋の白き夕ぐれ

大正８年の秋、晶子が水戸から湊町にかけて遊んだ折の歌。海門橋は那珂川が海に注ぐあたりに架けられた大きな橋。晶子が訪れたころは木製であった。

昭和 55 年３月、那珂湊市（現ひたちなか市）が建立した。小山いと子の小説「海門橋」の一節との併刻碑である。

場所　茨城県ひたちなか市湊中央

交通　ＪＲ常磐線勝田駅下車、茨城交通湊線に乗り換えて、那珂湊駅下車。

問合先　ひたちなか市観光協会：029-273-0116
URL：http://www.city.hitachinaka.ibaraki.jp/1230bunka/index.html

埼玉県比企郡　嵐山渓谷ハイキングコース

槻の川赤柄の傘をさす松の立ち並びたる山のしののめ

晶子は昭和 14 年 6 月 14 日に嵐山《らんざん》渓谷の松月楼に末子の藤子と訪れている。その折の歌 29 首を「比企の渓」と題して「冬柏」に載せている。

平成 10 年 6 月 10 日、埼玉県知事、嵐山町長をはじめとする歌碑建立の会が、晶子生誕 120 年を記念して建立した。

筆は森藤子氏。

歌碑のある嵐山渓谷は国の史跡地で、埼玉緑のトラスト協会が管理している。

場所　埼玉県比企郡嵐山町　嵐山渓谷ハイキングコース内　「武蔵嵐山渓谷」「嵐山発祥の地」の碑から南へ 500 メートル。武蔵嵐山駅より徒歩 50 分。

交通　ＪＲ京浜東北線大宮駅より川越線川越駅で東武鉄道に乗り換えて武蔵嵐山駅下車。

または、池袋より東武鉄道東上線武蔵嵐山駅下車。

問合先　嵐山町　0493-62-2150

渋谷区　道玄坂

母遠うてひとみ親しき西の山さがみか知らず雨雲かかる

明治35年の歌。前年寛と結婚した晶子は渋谷村中渋谷382番地に住んでいた。道玄坂へすぐのところである。道玄坂は古くから東海道の裏街道として上方へ通じる道であった。

昭和56年3月、道玄坂顕彰会（近隣の商店街の振興会）事業委員会が、道玄坂道供養碑と晶子の歌碑を建立、区へ寄贈した。

自筆の集字である。

場所　東京都渋谷区道玄坂

交通　ＪＲ山手線渋谷駅下車。道玄坂の途中、交番のななめ向い。

問合先　白根記念渋谷区郷土博物館・文学館　03-3486-2791

杉並区　桃井第二小学校

桃井第二小学校校歌

たかく聳ゆる富士の嶺は
桃井第二の校庭へ
学びの心澄み入れと
朝朝清き気をおくる

都の西の荻窪は
草木繁り鳥うたひ
小川の流れさわやかに
自然の匂ひゆたかなり

かく誇るべき学校の
師の導きにしたがひて
いや栄えゆく日の本の
我等は光る民たらん

晶子夫妻が同小学校の近く（現在の中央公園）に居住していたこともあって、同校創立10周年の記念に校歌を制定するにあたり、はじめ寛に作詩の依頼があった。ところが昭和10年３月に寛が急逝したため、あらためて晶子に作詩の依頼があり、この校歌ができた。

創立50周年記念事業の一つとして、昭和53年11月３日に建立された。

自筆で、原稿は校長室の額に飾られている。

場所　東京都杉並区荻窪５丁目
交通　ＪＲ中央線荻窪駅下車、南西へ徒歩５分。
問合先　杉並区立桃井第二小学校　03-3392-6728

府中市　多磨霊園

①今日もまたすぎし昔となりたらば
並びて寝ねん西のむさし野　　晶子

②なには津に咲く木の花の道なれど
むぐらしげりき君が行くまで　　晶子

③知りがたき事もおほかた知りつくし
今なにを見る大空を見る　　寛

④皐《さ》月《つき》よし野山のわか葉光満ち
末も終わりもなき世の如く　　晶子

①「今日もまた……」は寛の棺蓋に、②「なには津に……」は晶子の棺蓋に刻まれている。それぞれ昭和 11 年３月、昭和 18 年５月、墓碑が建てられたとき設けられた。③「知りがたき……」の墓前の歌碑は昭和 10 年９月に建てられた。圓城寺貞子氏所蔵の寛自筆の懐紙を没後贈られた晶子が原型のまま彫らせたものである。④「皐月よし……」の碑は昭和 27 年秋、門下の人たちの手で建立された。歌稿「深林の香」の中にある、晶子お気に入りの歌。

墓碑の歌は寛の亡くなったとき、晶子が書いたもので、自分の碑の歌も同時に書いてあった。

場所　東京都府中市多磨町 4-628　多磨霊園 11 区 1 種 10 側 14 番

交通　西武多摩川線多磨駅下車、徒歩 10 分。

または、中央線武蔵小金井駅下車、京王線多磨霊園駅行きバス、霊園中央二十号地下車すぐ。

もしくは京王線多磨霊園駅下車、武蔵小金井駅行きバス、霊園中央二十号地下車すぐ。

問合先　多磨霊園管理事務所　042-365-2079

①　②

③

④

杉並区　聖心保育園

幸ひのまどかなりける世にみせて刀自ははちすの座をえたりけん　晶子

この世にも命長くてありし君更に光の無量寿に入る　寛

寛没後70年にあたり、平成18年5月に建立された。聖心保育園の初代園長、田上妙子氏は与謝野寛の妹、田上静の長男の妻である。この歌は妙子氏の祖母で静の義母、田上都遊子のために詠った挽歌である。

いずれも自筆で、歌碑の側面には田上静の兄（寛）を悼む歌が刻まれている（田上翠筆）。

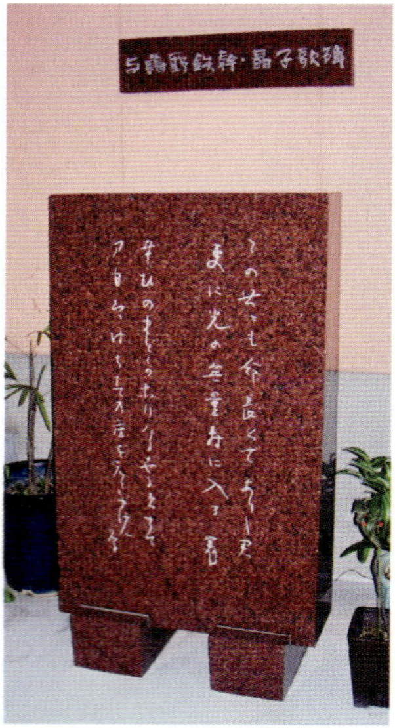

場所　東京都杉並区桃井２-24-18　聖心保育園東玄関横
道路に面しているので見学は自由にできる。

交通　ＪＲ中央線荻窪駅下車、北口より青梅街道営業所・立教女学院・武蔵野大学など行きバスで八丁下車。八丁通りの信号を北へ300メートル。２つ目の信号の手前左側。

問合先　聖心保育園　03-3395-1105

香取市　鳥居河岸

かきつばた香取の神の津の宮の宿屋に上る板の仮橋

明治 44 年津の宮鳥居河岸《かし》での作。歌集『青海波』より採択した。

平成２年 11 月３日、土地の材木商北川久子氏が建立し、佐原市（現香取市）および香取市教育委員会に寄贈した。筆は山内蘭徑氏。

場所　千葉県香取市津の宮 483　鳥居河岸　堤防外堤中段

交通　ＪＲ成田線香取駅（無人駅）下車、北 200 メートルに国道あり、国道沿いに左に 500 メートル。利根川の堤防内にある木製の大鳥居が目印。徒歩 15 分。

問合先　香取市教育委員会生涯学習課文化財班　0478-50-1224

千葉市　千葉東金道路野呂 PA　文学の森

上総の勝浦

おお、美くしい勝浦、
山が緑の
優しい両手を伸ばした中に
海と街とを抱いてゐる。

此処へ来ると、
人間も船も鳥も、
青空に掛る円い雲
すべてが平和な子供になる。

大洋で荒れる波も、
この砂の上で、
柔かな鳴《なる》海《か》絞りの袂《たもと》を
軽く拡げて戯れる。

それは山に姿を仮りて
静かに抱く者があるからだ。
おお、美しい勝浦、
此処に私は「愛」を見た。

自然に恵まれた房総は昔から多くの作家たちの心を引きつけ、名作を生み出す舞台となってきた。野呂パーキングエリア（PA）の「文学の森」には、晶子のほか牧水、伊藤左千夫、林芙美子ら８人の房総にゆかりのある作家たちを紹介した碑がある。

日本道路公団によって建立された。

場所　千葉市若葉区野呂　千葉東金道路野呂パーキングエリア（上り線）

交通　車以外で訪ねる場合、ＪＲ外房線誉田《ほんだ》駅下車、北へ 5.6 キロメートル。途中の石花台まではバスの便がある。野呂パーキングエリアの南側フェンス沿いにある職員用入口から管理事務所を訪ねる。

問合先　東日本高速道路株式会社市原管理事務所 0436-21-0091

勝浦市　浜勝浦

勝浦市によって昭和 54 年８月に建立された。千葉東金道路野呂パーキングエリアと同じ「上総の勝浦」の詩をおさめる。

場所　千葉県勝浦市浜勝浦　鳴海《なるか》神社灯台と八幡岬公園への三叉路手前

交通　ＪＲ外房線勝浦駅より約２キロメートル、徒歩 25 分。

問合先　勝浦市観光商工課　0470-73-1211

横須賀市　愛宕山公園

春寒し造船所こそ悲しけれ浦賀の町に
黒き鞘懸く　　晶子

黒船を怖れし世などなきごとし浦賀に見るは
すべて黒船　　寛

昭和 10 年２月、夫妻が同人たちとともに久里浜を吟行した折に詠まれた歌。

建立は昭和 59 年 11 月３日、横須賀市による。

場所　神奈川県横須賀市西浦賀町 1-23

交通　京浜急行浦賀駅下車、久里浜駅行きバス、紺屋町下車、徒歩 10 分。

問合先　横須賀市観光課　046-822-4000

鎌倉市　長谷

かまくらやみほとけなれど釈迦牟尼は
美男におはす夏木立かな

鎌倉の大仏は顔の美しいことで有名である。歌碑は昭和 27 年４月に鎌倉大仏造立 700 年祭の記念事業の一つとして建立された。

自筆。高徳院所蔵の色紙から拡大。

場所　神奈川県鎌倉市長谷　高徳院内

交通　ＪＲ横須賀線鎌倉駅下車、駅前のバス①番もしくは⑥番で大仏前下車。または江ノ島電鉄、長谷駅下車。

問合先　鎌倉市観光協会　0467-23-3050

真鶴町　真鶴岬

わが立てる真鶴岬《ざき》が二つにす相模の海と
伊豆のしら波

夫妻は旧知の友人、水彩画家三宅克己氏を訪ねて、しばしば真鶴を訪れている。昭和６年 12 月に同氏宅で催した歌会のあと、揮毫した一首。三宅氏は長い間、歌碑建立の意思を温めていたという。

真鶴町が昭和 27 年 11 月に建立した。碑の裏には三宅氏の文が刻まれた。歌は自筆。

場所　神奈川県足柄下郡真鶴町真鶴 1175-1　ケープ真鶴　裏庭
交通　ＪＲ東海道本線真鶴駅下車、駅前からケープ真鶴までバス。
問合先　（社）真鶴町観光協会　0465-68-1001

湯河原町　有賀別邸跡

吉浜の真珠の荘の山ざくら島にかさなり
海に乗るかな　　晶子

光りつつ沖を行くなりいかばかりたのしきゆめを
載する白帆ぞ　　寛

昭和７、８年から何度か夫妻は吉浜の有《ある》賀《が》精《つとむ》氏邸を訪ねている。これは真鶴在住の友人、画家三宅克己氏（妻のせい氏が門下であった）の紹介による。二人が使用していたタンス、鏡台などの家具類を昭和49年に東京の近代文学博物館に寄贈した（現在、堺市立文化館・与謝野晶子文芸館所蔵。９ページ参照）というから、専用の部屋を提供されるほどの間柄であったのであろう。

碑は昭和18年３月26日、晶子が亡くなった翌年、寛の命日に法要のあと除幕された。精氏が二人の追悼と顕彰のために自邸の庭内、相模灘を望む山ざくらの下に建立したものである。

有賀別邸真珠荘は、平成元年に取り壊されたが、旅館「あるが」の有賀香代子氏に連絡すれば碑の見学は可能。

場所　神奈川県足柄下郡湯河原町吉浜
交通　ＪＲ東海道本線真鶴駅下車。
問合先　旅館あるが　0465-62-7766

藤沢市　江ノ島

沖つ風吹けばまたゝく蝋の灯に志づく散るなり江の島の洞

藤沢市在住の中山成彬氏が建立を発願し、平成 14 年 10 月、藤沢市に寄贈した。筆は歌人の尾崎左永子氏。

場所　神奈川県藤沢市江の島、南端の岩屋内。洞を入って左右分岐点の左側（第一岩屋）の池中にある。

交通　ＪＲ東海道本線藤沢駅より江の島電鉄江の島下車、徒歩 40 分。または小田急江の島線、片瀬江の島駅下車、徒歩 30 分。もしくは湘南モノレール、湘南江の島駅下車、徒歩 40 分。

問合先　藤沢市観光課　0466-25-1111

その他　入場料は高校生以上 500 円、小・中学生 200 円。3～10 月は 9:00 ～ 17:00、11 ～ 2 月は 9:00 ～ 16:00 開場。年中無休であるが荒天時に閉鎖することがある。

山中湖村　文学の森公園

富士の雲つねに流れてつかの間も心おちゐぬ山中の湖

「文学の森公園」には三島由紀夫文学館、徳富蘇峰館、情報館などがあり、芭蕉をはじめとする句碑、歌碑19基が森の中に点在する。

晶子の歌碑は平成10年3月31日、山中湖村が建立したもの。

場所　山梨県南都留郡山中湖村平野　山中湖畔「文学の森公園」遊歩道を南へ約100メートル。

交通　ＪＲ中央線大月駅で富士急行に乗り換え、富士吉田駅から御殿場行きバスで文学の森公園前下車。

または、ＪＲ御殿場線御殿場駅から河口湖行きのバスで文学の森公園前下車。

問合先　山中湖村教育委員会　0555-62-3813

山中湖村観光課　0555-62-9977

山中湖観光協会　0555-62-3100

富士河口湖町　本栖湖畔

本栖湖をかこめる山は静かにて烏帽子が岳に富士おろし吹く

平成元年 11 月３日、上九一色村（現富士河口湖町）によって建立された。

場所　山梨県富士河口湖町

交通　富士急行線河口湖駅下車、本栖湖行きバス、本栖湖下車。

問合先　富士河口湖町　0555-72-1111

富士河口湖町　精進湖畔

秋の雨精進の船の上を打ち富士ほのぼのと
浮かぶ空かな

平成元年11月３日、上九一色村（現富士河口湖町）によって建立された。

場所　山梨県富士河口湖町
交通　富士急行線河口湖駅下車、本栖湖行きバス、精進湖下車。
問合先　富士河口湖町　0555-72-1111

山梨市駅前広場

いにしへのさしでの磯を破らじと笛吹川の身を曲ぐるかな　晶子

友の汽車われらの汽車と窓ならび暮れたる山に云ふ別れかな　日下部駅にて　寛

昭和８年山梨県昇仙峡を訪れた晶子、寛夫妻は万力山や差出の磯を散策し、多くの歌を残した。

平成 13 年４月山梨市および山梨市文化協会によって建立された。

場所　山梨県山梨市　ＪＲ山梨市駅前広場（左隅）

交通　ＪＲ中央線山梨市駅下車。

問合先　山梨市観光課　0553-39-2121

増穂町　中込邸

法隆寺などゆく如し甲斐の御酒《みき》春鶯囀のかもさるゝ蔵

昭和３年 10 月 22 日に晶子、寛は酒造家の中込邸に泊まっている。中込 旻《あきら》 氏の次弟純次氏の招待によるものである。純次氏は東京の文化学院に学び、寛、晶子と親交があった。氏の著書「晶子の世界」にそのあたりはくわしい（「春鶯囀《しゅんのうてん》」は萬屋酒造店のブランドで経営者中込菊子氏によれば晶子の命名になるという）。

萬屋酒造店の邸内裏庭に昭和 35 年 10 月、舅の中込旻氏によって建立された。晶子の自筆、同家に残されている掛軸の写し。

場所　山梨県南巨摩郡増穂町青柳町 1202-1

交通　ＪＲ身延線市川大門もしくは鰍沢口駅下車。

問合先　増穂町産業観光課　0556-22-7202

中込邸　0556-22-6931

その他　碑は中込邸内にあり、訪問のときはあらかじめ、ハガキで都合を伺うこと。晶子、寛が泊まった部屋、掛軸、色紙なども見学できる。

東海・中部

熱海市　下多賀

①風涼しひがしの伊豆の多賀に見る
　水平線のめでたき日かな　　晶子

②棚作り臙脂の色の網をかく
　多賀の磯より中野浜まで　　晶子
　ここに見る多賀の海原広ければ
　こころ直ちに大空に入る　　寛

①は平成14年３月３日、網代多賀ロータリークラブが創立15周年を記念して建立した。

②は多賀中学校校門前の晶子と寛の歌碑。昭和59年３月に建立されたもので、昭和９年に多賀村を訪れた夫妻の歌から１首ずつ刻まれている。

①

場所　静岡県熱海市下多賀

交通　ＪＲ伊東線伊豆多賀駅下車。国道135号を南へ。①は徒歩15分、②は徒歩30分。

問合先　伊豆多賀観光協会　0557-67-0017

伊東市　宝専寺

伊東氏占めて三浦に対したる
半嶋の春梅椿咲く　　晶子

磯寺の竹の林を通す雨しづかに聞けば
まじる浪音　　　　寛

昭和５年と７年に宝専寺で歌会が行なわれた。この歌会で詠まれた歌。平成９年秋の彼岸に宝専寺によって建立された。寛の碑は建立年が確認できない。

場所　静岡県伊東市新井 2-13-1
　寺に入ってすぐ左に寛の碑、奥の墓地入口に晶子の碑がある。
交通　ＪＲ伊東線伊東駅下車、東へ 1.5 キロメートル。
問合先　伊東市観光課　0557-36-0111
　　　　磯辺山宝専寺　0557-37-4458

伊東市　一碧湖畔

うぐひすがよきしののめの空に啼き吉田の池の碧水まさる　　晶子

初夏の天城おろしに雲吹かれみだれて影す伊豆の湖　　寛

一碧《いっぺき》湖《こ》は大室山の噴火によってできた湖。湖岸に新詩社同人の嶋谷亮輔の自宅、抛書《ほうしょ》山荘があったことから、夫妻はたびたびここを訪れている。

歌碑は昭和 51 年 11 月 11 日に伊東市によって建立された。自筆。

場所　静岡県伊東市吉田字大池

交通　ＪＲ伊東駅から、一碧湖経由シャボテン公園行きバスで一碧湖下車。

問合先　伊東市観光課　0557-36-0111

一碧湖の桜

父と母が、はじめて一碧湖の抛書山荘を訪うたのは昭和５年の秋である。山荘の主、嶋谷亮輔夫妻は、同行の文人、歌友、画匠といった人たちをもつねに快くもてなされたので、両親は湖水をとりまく早春の梅、ついで桜、初夏のほととぎす、秋の月と霧など、何年にもわたってこの地の四季を思うさま味わうことをゆるされたのであった。

昭和十年に父が亡くなると、母はしばしば私を伴うのだった。私が十九の春のこと、昭和十三年のことである。湖水をめぐる山みちも、対岸の山すそも、桜の季節はひときわ美しい。散歩を終えて邸にかえる道すがらのこと。夫人たちや私は、かなり先のほうを歩いていた。嶋谷氏と母とは、風に舞う落花のなかを緩くり歩いている。細い山みちには雪のように花が散りしいている。そのときのことを、嶋谷氏はあとで夫人にこう語られたそうである。

「わたしは思わず、〔ねがわくば花の下にてわれ死なむ、そのきさらぎの望月のころ〕と西行の歌をいい気もちで吟じながらあるいていた。ふと気がつくと、並んでいた晶子先生の顔いろが変って、俄かに押し黙ってしまわれた。家に入ってもしばらくは不きげんそうなようすだったから、あれはまずかったな、と思ったものだ」

この話を私が未亡人から伺ったのは、一年ほど前のことである。人しれず、はっとさせられるものがあった。あのときの旅の歌のなかに、［一生にいくばくもなき時をまだ悟らざる子とわが見るさくら］というのがあって、それはいつも私の心のどこかに、胸をしめつけられるような想いとともに忘れられずにいたものだからである。

一碧湖の桜の思い出は、だから、美しいけれど、哀しい。

晶子末女　森　藤子

伊豆市　水恋鳥広場

伊豆の奥天城の山を夜越えぬさびしき事になりはてぬれば

大正 12 年のはじめ、湯ケ島から天城を越えて河津町へ旅したときの歌。

昭和 50 年、水恋鳥広場ができたときに、湯ケ島町の観光協会がこの碑を建立した。

場所　静岡県伊豆市湯ヶ島町

交通　伊豆箱根鉄道修善寺駅下車、河津駅行きバス、水恋鳥広場下車。

問合先　伊豆市観光協会天城支部　0558-85-1056

伊豆市　浄蓮の滝駐車場

かたはらに刀身ほどの細き瀧白帆の幅の浄蓮の滝

晶子は昭和 10 年、船原温泉に滞在している。そのときの歌であろうか。建立は平成元年、旧湯ヶ島町による。旧湯ヶ島町長であった下山忠男氏の筆。右に晶子の歌、中央に北原白秋の歌、左に渡辺水巴の句が一石に３首、刻まれている。

場所　静岡県伊豆市湯ヶ島町　浄蓮の滝駐車場内の石造電話ボックスの外壁面。電話ボックスは広場の道路側にあり、歌碑は入り口側の左壁面

交通　ＪＲ東海道新幹線三島駅から伊豆箱根鉄道駿豆線修善寺下車、河津駅行きもしくは昭和の森行きバスで浄蓮の滝下車。または、伊豆急下田駅から修善寺行きバスで浄蓮の滝下車すぐ。

問合先　伊豆市観光協会天城支部　0558-85-1056

下田市　尾の浦展望台

白浜の沙に上りて五《い》百《お》重《え》波《なみ》しばし遊ぶを
逐《お》ふことなかれ　　晶子

てん草の臙《えん》脂《じ》の色を沙に干し前にひろがる
しら浜の浪　　　　寛

昭和10年2月、晶子夫妻は、船原、土肥、堂ヶ島など西伊豆から下田、白浜を経て伊東まで伊豆一周旅行をしている。この2首は白浜に立ち寄ったときの歌である。

平成3年8月1日、碑は「加茂短歌会」によってに建立された。

場所　静岡県下田市白浜

交通　伊豆急下田駅下車、南伊豆東海バス白浜行き、白浜海岸下車。

問合先　下田市観光協会　0558-22-1531

西伊豆町　堂ヶ島

堂ヶ島天窓洞の天窓をひかりてくだる
春の雨かな　　晶子

島の洞御堂に似たる舟にして友の法師よ
参れ心経　　　寛

昭和 10 年２月 23 日から３月３日にかけて、夫妻は伊豆を訪れている。船原峠を越えて西伊豆に入った。この旅で風邪をひいた寛は同月の 26 日、肺炎で没した。

建立は昭和 51 年、西伊豆町観光協会による。

寛の歌中「友の法師」は鞍馬寺の信楽香雲師のこと。

場所　静岡県賀茂郡西伊豆町仁科 2910-2
交通　箱根伊豆鉄道修善寺駅から松崎行きバスで堂ヶ島下車。
　または、伊豆急下田駅から堂ヶ島行きバスで堂ヶ島下車。
問合先　西伊豆町観光協会　0558-52-1268
　URL：http://nishiizu-kankou.com/seeing/2006/03/post_28.html

静岡市　清見寺

龍臥《りゅうふ》して法《のり》の教へを聞くほどに梅花の開く身となりにけり

昭和 12 年９月、清見寺へ参詣の折の歌。脇に家康公お手植えの臥龍梅《がりゅううめ》と称する梅の木がある。

自筆で色紙は同寺の所蔵。建立は昭和 28 年。

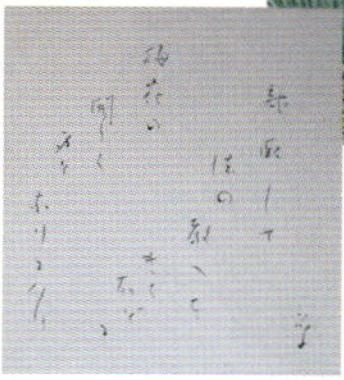

場所　静岡県静岡市清水区興津《おきつ》清見寺《せいけんじ》町 418-1　清見寺境内

交通　ＪＲ東海道本線興津駅下車、徒歩 10 分。

問合先　清見寺　0543-69-0028

静岡市　瑞雲院

寒さくら清見《きよみ》の寺に唯た一枝忍ふむかしのある如く咲く

昭和 12 年９月に清見寺とともに瑞雲院も訪れた。その折の歌。

平成８年９月 28 日に瑞雲院によって建立された。筆は地元の書家、大石昇次郎氏。同寺の依頼により揮毫したものである。

場所　静岡県静岡市清水区興津清見寺町 420
交通　ＪＲ東海道線興津駅下車、徒歩 10 分。
問合先　瑞雲院　0543-69-0970

浜松市　細江公園文学の丘・北区役所

①名を聞きて王朝の貴女ときめきし引佐細江も気賀の町裏

②井伊谷川都田川の落合の口より引佐細江はじまる

浜名湖の奥、東名高速道路の浜名湖橋から奥を引《いな》佐《さ》細《ほそ》江《え》と呼ぶ。ここへ注ぐ井《い》伊《い》谷《や》川と都田川の合流点にある細江町に晶子の歌碑がある。

晶子は昭和 11 年7月 10 日に細江町を訪れて歌を残している。2つともそのときの歌。

①「名を聞きて……」の歌は細江公園を整備し、文学の丘をつくるにあたって、昭和 49 年２月に建立された。最初、木製であったが、昭和 53 年 10 月に現在のものが再建された。

②「井伊谷川……」の碑は昭和 53 年８月、町庁舎が新しく建てられたときに碑板が屋上壁面にはめ込まれた。

①

②

場所　①静岡県浜松市北区細江町気賀 995-1　細江公園文学の丘
②静岡県浜松市北区細江町気賀 305　北区役所屋上

交通　ＪＲ東海道線掛川駅より天竜浜名湖鉄道で気賀駅下車。またはＪＲ東海道本線浜松駅下車、遠州鉄道バスで気賀駅前行き、終点下車。町庁舎は徒歩５分。文学の丘へは約 30 分。

問合先　浜松市観光インフォメーションセンター　053-452-1634
浜松市北区役所産業振興課　053-523-1113

浜松市立図書館細江分館文学広場

名を聞きて王朝の貴女ときめきし引佐細江も気賀の町裏

前ページの細江公園文学の丘と同じ歌。

平成３年３月気賀図書館の新設にともない敷地内に文学公園ができた。広場内には晶子のほか、佐藤春夫、香川景樹、「千載集」などの歌碑、句碑がある。

場所　静岡県浜松市北区細江

交通　ＪＲ東海道線浜松駅下車、遠州鉄道バス駅前バスターミナル 15 番乗り場から気賀駅前行きで終点気賀駅前下車、徒歩３分。あるいは、ＪＲ東海道線掛川駅より天竜浜名湖鉄道で気賀駅下車。

問合先　浜松市観光インフォメーションセンター　053-452-1634
細江町観光協会　053-523-0713
浜松市立図書館細江分館　053-527-0185

岡崎市　甲山中学校

金色の小さき鳥のかたちして銀杏ちるなり夕陽の丘に

「環境がヒトを創る」という理念のもと「豊かな情操　たくましい創造力」をスローガンに掲げていた甲山中学校は、気力·体力づくりとともに、文学的な面への関心が心豊かな人物を育てる、という方針から、遊歩道に歌、詩、ことばを綴った文学碑を建立した。この歌碑は、その甲山文学碑のひとつである。

昭和 55 年か 56 年の建立。

場所　愛知県岡崎市中町字北野東 20-1

交通　名鉄東岡崎駅下車、市民病院行きバス、徳王神社前下車。

問合先　甲山中学校　0564-22-2664

その他　見学するには事前に連絡することが望ましい。

岡崎市　竜海中学校

金色の小さき鳥のかたちしていちょうちるなり夕陽の丘に

昭和 58 年 8 月同校による建立。

場所　愛知県岡崎市明大寺町栗林 48-1

交通　名鉄東岡崎駅下車、徒歩 10 分。

問合先　竜海中学校　0564-51-4538

津島市　津島神社

二もとの銀杏をおきて自らは紅き津しまの神の楼門

　昭和 10 年 10 月 28 日に晶子は愛知県立津島高等女学校（現在の津島高等学校）の創立 20 周年の記念講演に訪れた。その折、津島神社を参拝し詠んだ歌。

　津島門前郵便局の元局長、鶴見藤之氏が退官にあたり、その記念に建立を考えた。氏の父が晶子自筆の短冊を記念にもらったという。津島神社の境内に建てることが許されて、平成４年５月に建立された。

場所　愛知県津島市明神町１番地

交通　名鉄、津島市駅下車、西へ徒歩 10 分。

問合先　津島神社　0567-26-3216

岡谷市　岡谷湖畔公園

諏訪の湖天龍となる釜口の水しづかなり
絹のごとくに

大正 14 年正月、画家石井柏亭らとともに、夫妻で岡谷に遊んだ折の歌。当時の天竜川は深く、水清らかであった。

昭和 47 年 4 月 28 日、岡谷商工会議所によって建立された。

場所　長野県岡谷市湖畔町

交通　ＪＲ中央本線岡谷駅下車。

問合先　岡谷市商業観光課　0266-23-4811

富士見町　蔦木宿

白じらと並木のもとの石の樋が秋の水吐く蔦木宿かな

昭和初年に蔦木宿を訪れたときの歌。

筆は令孫の与謝野馨氏。碑の裏面に、祖母与謝野晶子の歌を大臣在任中に揮毫し碑を建立する、とある。平成11年９月、富士見町の有志によって建立された。

場所　長野県諏訪郡富士見町上蔦木　旧甲州街道沿い
ＪＡ諏訪みどり蔦木支所前、火の見櫓が目印。明治以降湧水による記念水道の施設跡にある。

交通　ＪＲ中央本線富士見駅または小淵沢駅下車。信濃境駅より徒歩40分。小淵沢駅より徒歩１時間。駅前にタクシーがある。バスの便はない。

問合先　富士見町産業課　0266-62-9342
小淵沢駅前観光案内所　0551-36-3288

富士見町　蔦木宿本陣跡

本陣の子のわが友といにしへの蔦木の宿を
歩む夕ぐれ

蔦木宿本陣の最後の当主、有賀源六氏の三男で湯河原在住の精《つとむ》氏とともに昭和初年に当地を訪れている。蔦木宿内の三光寺に泊り、この歌を詠んでいる。

平成４年７月、蔦木区の地域住民によって建立された。

場所　長野県諏訪郡富士見町上蔦木

国道 24 号線に面し江戸末期の表門が遺されている。歌碑は門内の庭園の一画にある。現在は上蔦木集落センターの上蔦木区事務所になっている。ＪＡ前の歌碑から 150 メートル。

交通　ＪＲ中央本線富士見駅または小淵沢駅下車。信濃境駅より徒歩 40 分。小淵沢駅より徒歩１時間。駅前にタクシーがある。バスの便はない。

問合先　富士見町産業課　0266-62-9342

小淵沢駅前観光案内所　0551-36-3288

軽井沢町　星野温泉

秋風にしろくなびけり山ぐにの浅間の王の
いたゞきの髪　　晶子

一むらのしこ鳥のごとわかき人明星の湯に
あそぶ初秋　　　寛

軽井沢が避暑地として知られはじめた大正時代、多くの文学者が星野温泉を訪ねている。晶子夫妻も大正 11 年に訪れている。その後ふた夏を過ごした。この折の歌を書き綴った「明星帖」が星野温泉ホテルに残されている。

昭和 46 年９月に、ホテル前庭の明星池のほとりに歌碑が建立された。

場所　長野県北佐久郡軽井沢町

交通　ＪＲ信越本線軽井沢駅下車、草津温泉行き、万座温泉行き、営業所行きのいずれかのバス、千ヶ滝温泉もしくは西区入口下車。

問合先　軽井沢町観光経済課　0267-45-8579

高山村　山田温泉

鳳凰が山をおほへるおくしなの山田の渓の秋に逢ふかな

昭和２年秋、晶子夫妻は山田温泉の湯本旅館に泊まった。そのときに詠まれた歌。

昭和 29 年、湯本が中心になって、建立した。筆は生前、親交のあった画家有島生馬。除幕は 10 月 15 日、有島生馬、佐藤春夫、堀口大学、与謝野光（晶子夫妻の長男）など多彩な顔ぶれがそろった。

場所　長野県上高井郡高山村大字牧　高井橋付近

交通　ＪＲ信越本線長野駅から長野電鉄で須坂、須坂からバスで山田温泉下車。

問合先　信州高山温泉郷観光協会　026-245-1100

志賀高原　熊の湯温泉

熊の子のけがして足を洗へるが開祖といひて伝はるいでゆ

昭和２年秋、山田温泉、熊の湯、野沢温泉とたどる旅行の折、熊の湯に一泊、宿の主人、佐藤正勝氏から熊の湯開祖の伝説を聞き、詠んだ歌。

昭和 62 年９月 22 日、「みだれ髪の会」の世話人、富村俊造氏が熊の湯ホテルに場所の提供を依頼し、建立した。

場所　長野県下高井郡山ノ内町平穏 7148　志賀高原熊の湯ホテル内

交通　ＪＲ信越本線長野駅から長野電鉄、湯田中駅下車。白根火山行きまたは硯川行きバス、熊の湯下車。

問合先　熊の湯ホテル　0269-34-2311

URL：http://www.kumanoyu.co.jp/hotel/

松本市　浅間温泉

たかき山つゝめる雲を前にして紅き灯にそむ浅間の湯かな

晶子夫妻はよく浅間温泉を訪れている。旅館「西石川」が常宿であったという。昭和 11 年秋には、「富貴の湯」に泊まっている。富貴の湯の主人、滝沢久馬雄氏が昭和 32 年に建立した。神宮寺の一画が提供された。滝沢氏所有の画帳による自筆。

場所　長野県松本市浅間温泉 3-21-1　神宮寺境内

交通　ＪＲ篠ノ井線松本駅下車、松本バスターミナル⑥⑦番から浅間温泉行きバス、終点浅間温泉下車、徒歩 5 分。

問合先　松本観光協会　0263-34-3000
浅間温泉観光協会　0263-46-1800

上田市　別所温泉

むら雨が湯場の大湯を降りめぐりしばらくにして山なかば晴る

昭和３年６月に刊行された歌集『心の遠景』にある歌。「山田温泉にて」という詞書がある。

昭和 62 年４月、地元の薬師寺講が建立した。

場所　長野県上田市別所温泉大湯　薬師堂歌碑公園

交通　ＪＲ長野新幹線上田駅下車、上田電鉄に乗り換え、終点別所温泉駅下車。

問合先　別所温泉観光協会　0268-38-3510

北陸・近畿

七尾
黒部
金沢
高岡(2)
小松(2)
加賀(2)
越前(2)
城崎
網野
宮津
香美
与謝野(3)
高島
京都(16)
吹田
宇治
宝塚
堺
葛城
吉野
高野山
新宮

黒部市　宇奈月公園

おふけなくトロ押し進む奥山の黒部の渓の錦繍《きんしゅう》の関　　晶子

佗びざらん黒部の渓の秋の雨もみぢも我も岩も濡るれば　　寛

昭和８年 11 月２日、晶子夫妻は宇奈月温泉に逗留した。10 月 31 日に夜行で東京を出発、宇奈月、高岡、金沢、小松、武生を経て 12 日に米原から東海道線に乗り換え、13 日東京に帰った。半月におよぶ旅行で晶子は疲労困憊したようだ。

歌碑は平成３年 10 月に、黒部川直轄砂防事業 30 周年記念として（社）北陸建設弘済会が建立し、宇奈月町に寄贈した。

場所　富山県黒部市宇奈月温泉

町の西端部にある想影橋手前道路脇、ホテル桃源の前

交通　ＪＲ富山駅前から富山地方鉄道で宇奈月温泉下車、徒歩５分。

問合先　宇奈月温泉観光協会　0765-62-1515

宇奈月温泉旅館協同組合　0765-62-1021

高岡市　古城公園

館などさもあらばあれ海越えて羅津《らつ》に対する本丸の松　　晶子

高岡の街の金工たのしめり詩のごとくにも鑿《のみ》の音を立つ　　寛

昭和８年11月、晶子夫妻が高岡歌人協会の招きで高岡を訪れたときの歌。城跡の高台からの眺望は想いもかけず広がり、韓国の羅津まで思われる。また、高岡は銅器の町、金屋町などに、のみの音が響いていた。

建立は昭和37年10月12日、高岡市による。自筆。

場所　富山県高岡市古城　高岡古城公園内本丸北側高台

交通　ＪＲ北陸本線高岡駅下車。

問合先　高岡市商業観光課　0766-20-1301

高岡市　金屋町

われ入りて鍋作りする爐にあるを夕日と思ふ
ひろきかな屋に　　　　　　　　　　晶子

ゐもの師はたのしかるべしみずからを
釜ひとつにも出ださんとする　　寛

昭和８年 11 月、晶子夫妻が訪れた折、この地にあった金森藤平鋳物工場に立ち寄って詠んだ歌。

建立は平成６年 12 月、高岡市による。

場所　富山県高岡市金屋町　金屋緑地脇

交通　ＪＲ北陸本線高岡駅下車、コミュニティーバス「こみち」に乗りブルーのバスは内免橋下車、オレンジのバスは横田町下車。

問合先　高岡市商業観光課　0766-20-1301

七尾市　御祓川左岸

**家々に珊瑚《さんご》の色の格子立つ能登のなゝ尾の
みそぎ川かな**

昭和６年正月、和倉に滞在した晶子夫妻は 20 首ほどの歌をこのとき詠んでいる。その中の１首。

建立は昭和 31 年５月４日。七尾市観光協会の寺西憲一氏が市に寄贈した。自筆半折の模写。昭和 53 年６月 13 日、同所に七尾市福祉センターができた折、同センターの正面右手に移設された。

場所　石川県七尾市三島町　御祓川河畔福祉センター前
交通　ＪＲ七尾線七尾駅下車、徒歩５分。
問合先　七尾市観光協会　0767-53-8424

金沢市　医王山寺

白やまに天の雲あり医王山次ぎて戸室も
たけなはの秋

昭和８年11月に金沢を訪れた折の歌。石川県師範学校長中島正勝、千代子夫妻に招かれたものである。千代子氏は新詩社同人で晶子の門下であった。

建立は昭和36年９月15日、近くにある俵小学校長村尾泰氏（中島氏の門下）が医王山寺境内、戸室山へのハイキングコース途中にこの碑を建立した。

場所　石川県金沢市湯谷原町

交通　ＪＲ北陸本線金沢駅下車、医王山スポーツセンター行きバス、医王山スキー場下車。

問合先　金沢市観光協会　076-232-5555
医王山寺　076-229-0820

小松市　安宅住吉神社

松たてる安宅の沙丘その中に清きは文治三年の関

昭和８年 11 月の北陸旅行の途中、晶子夫妻は安宅住吉神社に参拝している。その折、15 首の歌が詠まれ、自筆の画帳、半切、けやきの板が同神社に残されている。画帳には「松たてるあまたの沙丘その中に清きは文治三年の関」となっている。

建立は昭和 28 年６月２日、小松市安宅関跡保存会。

場所　石川県小松市安宅町

交通　ＪＲ北陸本線小松駅下車、長崎・安宅漁港行きバス、関所前下車。

問合先　小松市商工振興課観光物産室　0761-22-4111
安宅住吉神社　0761-22-8896
URL：http://www.ataka.or.jp/

小松市　串町

串の橋二つの潟をつなげども此処に相見て我等は別る

昭和８年11月の北陸旅行の折、「明星」の同人で親友であった村松町の医師、麦谷良作（亜星）を訪ねて詠んだ歌。

平成４年７月に地元の青年団を終えた人たちの「十年会」により建立。

場所　石川県小松市串町上組　串橋横

交通　ＪＲ北陸本線小松駅前から小松バス粟津温泉・那谷寺・矢田行きで串下車、徒歩10分。

問合先　小松市商工振興課観光物産室　0761-24-8076

加賀市　山代温泉

①櫛めきて細き丹《に》塗りの格子より山代の湯の
雨をながめん　晶子
吉野屋の裏の竹よりちる雫この雨朝ハ
雪となれかし　寛

②赤絵なる椿の皿のえがかれてうつくしき夜の
山代の宿　晶子

昭和８年11月の北陸旅行の途中に夫妻は山代温泉を訪れている。山代温泉の吉野屋の娘が東京の文化学院に通っていた。吉野屋を足掛かりに、那谷寺、九谷焼窯元などを訪ねている。

自筆。

①

②

場所　①石川県加賀市山代温泉万松園通2-1　吉野屋玄関横
②吉野屋から歩いて１分の服部神社前魯山人旧居

交通　ＪＲ北陸本線加賀温泉駅から加賀温泉バスの山代温泉行きで、山代温泉東口下車、徒歩５分。

問合先　山代温泉観光協会　0761-77-1144

その他　吉野屋は平成18年４月25日に廃業した。歌碑は道路に面しているので見ることができる。

越前市

①われも見る源氏の作者をさなくて父と眺めし
越前の山　　　　　晶子

朝の富士晴れて雲無し何者か大いなる手に
掃へるごとし　　寛

②松かへで都のあらし山のごとまじる武生《たけふ》の
みぞの両側《ふたかわ》　　　晶子

昭和８年 11 月 11 日に晶子夫妻は武生を訪れている。武生は越前の国府のあったところで、越前守に任ぜられた父藤原為時に伴われて紫式部が２年間居住している。源氏物語を愛した晶子にとって武生は特別な感慨があったに違いない。もっとも「源氏の作者をさなくて」と言っているが、式部の越前下向は 24 歳ごろと考えられている。

①は昭和 63 年 11 月建立。自筆。②は昭和 62 年７月建立。当初は美容室店頭の側壁に設けられていたが、店舗移転の際、現在の場所に移された。

①

②

場所　①福井県越前市東千福町　ふるさとをしのぶ散歩道沿い
②福井県越前市蓬莱町 3-23　ギャラリー越之蔵脇（蔵の辻内）

交通　ＪＲ北陸本線武生駅下車。徒歩５分でギャラリー越之蔵に出る。さらに５分ほどで中央公園。ここから始まる「ふるさとをしのぶ散歩道」を歩くと碑のところへ出る。

問合先　越前市観光振興課　0778-22-3000

高島市　白鬚神社

しらひげの神の御前《みまえ》にわくいづみ　　**寛**
これをむすべば人の清まる　　**晶子**

大正元年、二人が白鬚神社参拝の折に詠んだ歌。当時、社前の手水に清水が湧き出していた。

大正７年、神社の氏子の講、京都延齢会が手水舎を再建し、その記念に同年 12 月、碑を建立した。筆は寛。全国の晶子の歌碑の中で最も古い。

場所　滋賀県高島市鵜川 215
交通　ＪＲ湖西線近江高島駅下車、循環バスで白鬚神社前下車。
問合先　高島地域観光振興協議会　0740-38-3970

東山区　常盤町

**四條橋おしろい厚き舞姫の額《ぬか》さゝやかに
打つ夕あられ　　晶子**

**南座の繪看板をバ舞姫と日暮れて見るも
京のならはし　　寛**

碑の裏面には明治 25 年ごろの四条大橋の絵の銅版がはめられている。

筆は晶子の歌が門下の斎藤紀子《としこ》氏、寛の歌が同じく門下の西村一平氏。設置を含めた全体のデザインは京都在住の画家、松崎良太氏が監修した。平成２年５月４日に「みだれ髪の会」が建立した。

場所　京都市東山区常盤町 169　京阪四条駅９番出入口付近
交通　京阪電車四条駅

東山区新門前　駒井真珠店

玉まろき桃の枝ふく春のかぜ海に入りては真珠うむべき

平成元年 10 月の建立。筆は森藤子氏。もとの書が店内に飾られている。朝９時 30 分から夕方６時ごろまで開店しているときは見学できる。

場所　京都市東山区新門前通り東大路西入ル
交通　地下鉄東西線東山駅下車、もしくは市バス知恩院前下車。
問合先　駒井真珠店　075-541-8172

東山区　祇園甲部歌舞練場

**京更けて歌舞練場のかがり火の雫おちんと
眺めにぞ行く**

建立は昭和 52 年４月、「みだれ髪の会」による。筆は吉井勇氏。吉井氏は同歌舞練場で明治５年から続いている都をどりの作詩を 20 年間にわたって受けもった。その自筆の詞の中から集字、拡大して碑文字の原稿とした。

場所　京都市東山区祇園町
交通　市バス祇園下車。
問合先　祇園甲部歌舞練場　075-561-1115
その他　碑は門の内側にあるが、自由に見学できる。

東山区　八坂神社

清水へ祇園をよぎる桜月夜こよひ逢ふ人
みなうつくしき

建立は昭和 52 年 5 月 29 日、「みだれ髪の会」による。

碑の裏に「これは与謝野晶子生誕 100 年（昭和 53 年）を記念して次々と建てられる歌碑の第 1 号です」と表記がある。

場所　京都市東山区祇園町北側 625

交通　市バス祇園下車すぐ。

問合先　八坂神社　075-561-6155

東山区　蹴上浄水場

御目ざめの鐘は知恩院聖護院いでて見たまへ紫の水

明治 34 年 1 月、晶子は寛とともに、この場所にあった旅館「辻野」で 2 泊している。このときの歌。

建立は昭和 29 年 11 月 3 日。京都歌人協会や街道社の有志が中心になり、雲珠短歌会の協力を得て建てられた。自筆。

場所　京都市東山区粟田口華頂町　京都市蹴《け》上《あげ》浄水場内

交通　地下鉄東西線蹴上駅下車。

問合先　蹴上浄水場　075-771-3102
京都市上下水道局総務部総務課（広報担当）　075-672-7810

左京区　鞍馬寺

①遮那王《しゃなおう》が背くらべ石を山に見て
　わがこころなほ明日を待つかな　　寛

②何となく君にまたるるここちして
　いでし花野の夕月夜かな　　晶子

③ああ皐月《さつき》ふらんすの野は火の色す
　君もコクリコわれもコクリコ　　晶子

①②

先代管長信楽香雲師が晶子夫妻の弟子となったことから、鞍馬山と夫妻の関係は深く、現在、同寺の博物館（霊宝殿）2階に与謝野記念室があり、遺品などが展示されている。また、同館前に冬柏亭（晶子の書斎）が移築、保存されている。

①「遮那王が……」の碑は昭和13年5月22日、昭和10年に亡くなった寛の顕彰を目的に与謝野寛先生歌碑建設会が建立した。この会は信楽香雲師が同寺の文学好きの宗徒と作った雑誌「雲珠《うず》」の同人の有志で作った。自筆。

②「何となく……」の碑は、昭和30年5月22日、香雲師が晶子の13回忌に建立した。自筆。

③「ああ皐月……」の碑は、平成元年秋にこの場所に設置された。パリの三越デパートにあるものを写した碑である。「みだれ髪の会」の建立。パリの碑が見られないという不満に応えて建てられた。

③

冬柏亭

場所　京都市左京区鞍馬本町　鞍馬寺境内

交通　京阪電車出町柳駅で叡山電鉄に乗り換え終点鞍馬下車、歩いて５分で山門、ケーブルで多宝塔まで行き、本殿、本坊を経て霊宝殿（鞍馬山博物館）の手前右手に①「遮那王が……」と②「何となく……」の碑が２つ並んでいる。③「ああ皐月……」の碑は仁王門から50 m山に入ったあたり、左手にある。

問合先　鞍馬寺　075-741-2003

その他　愛山費 200 円。

左京区　京都市勧業館「みやこめっせ」

友染をなつかしむこと限りなし春の来るため京思ふため

建立は昭和 59 年 5 月 26 日、同年が友禅染の祖、宮崎友禅斎生誕 330 年に当たることから、友禅を詠ったこの歌を京都の京都市勧業館「みやこめっせ」の敷地に建てた。「みだれ髪の会」による。筆は森藤子氏。

場所　京都市左京区岡崎成勝寺町

交通　地下鉄東西線東山駅下車、徒歩 10 分。

または、市バス京都会館美術館前もしくは東山二条下車。

問合先　京都市勧業館「みやこめっせ」　075-762-2633

左京区　永観堂

秋を三人《みたり》椎の実なげし鯉やいづこ池の朝かぜ手と手つめたき

明治 34 年 1 月に蹴上の旅館「辻野」に 2 泊した晶子と寛は、ここをそぞろ歩いている。歌中の「三人」とは前年 11 月にともに時を過ごした寛、晶子、山川登美子である。『みだれ髪』所収の歌。

建立は昭和 52 年 5 月 29 日、「みだれ髪の会」による。

場所　京都市左京区永観堂町 48 番地

山門を入って右手の池の端に碑がある。

交通　ＪＲ京都駅または京阪三条から、市バス５番で南禅寺・永観堂道下車。

問合先　永観堂　075-761-0007

北区　国際平和ミュージアム

君死にたまふこと勿れ

（旅順口包圍軍の中に在る弟を嘆きて）

あゝをとうとよ君を泣く
君死にたまふことなかれ
末に生れし君なれば
親のなさけはまさりしも
親は刄《やいば》をにぎらせて
人を殺せとをしへしや
人を殺して死ねよとて
二十四までをそだてしや
（以下省略）

平成６年 11 月に開催された特別展「戦争と文学――与謝野晶子とその時代――」にあたり富村俊造氏が寄贈した。

場所　京都市北区等持院北町 56-1　立命館大学国際平和ミュージアム　地階のミュージアム入り口前のロビーにある。

交通　ＪＲ京都駅から市バス 50 番で立命館大学前下車、徒歩５分。

問合先　立命館大学国際平和ミュージアム　075-465-8151

その他　ミュージアムは大学キャンパス内でなく、東側にある。歌碑だけの見学はミュージアムの入館料を払わなくてもよい。展示の見学料は大人 400 円、中･高生 300 円、小学生 200 円。休館日は月曜日、祝日の翌日、年始年末、夏期休暇中の一定期間。

中京区　ウイングス京都

山の動く日

山の動く日きたる、
かく云へど、人これを信ぜじ、
山はしばらく眠りしのみ、
その昔、彼等みな火に燃えて動きしを。
されど、そは信ぜずともよし、
人よ、ああ、唯だこれを信ぜよ、
すべて眠りし女、
今ぞ目覚めて動くなる。

平成６年に、ウイングス京都の開館記念として、「みだれ髪の会」が同館に寄付した。本文は水田岸氏の筆、署名は晶子の自筆。

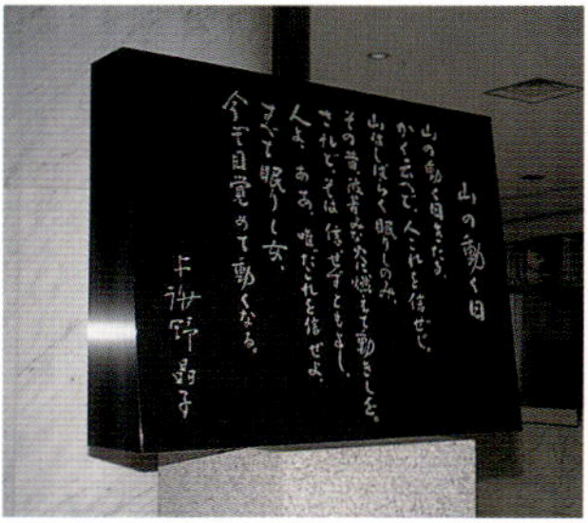

場所　京都市中京区東洞院通六角下る御射山町 262　京都市男女共同参画センター　ウイングス京都　入り口ロビー

交通　京都地下鉄四条駅または烏丸御池駅、阪急烏丸駅下車、徒歩５分。または、ＪＲ京都駅市バス四条烏丸下車、徒歩５分。

問合先　京都市男女共同参画センター　ウイングス京都　075-212-7490

その他　開館時間は平日が午前９時から午後９時まで、日曜と祝日は午前９時から午後５時まで。休館日は毎週水曜日、12 月 29 日から１月３日。

上京区　七本松

天地を間に置ける人と人頼みがたしと見ねば思はる

平成６年５月 12 日、与謝野晶子生誕 100 年記念にあたり、「みだれ髪の会」と富士石材株式会社が建立。

場所　京都市上京区七本松中立売下る二番町 211-6
富士石材工業株式会社の玄関横壁面
店舗は２ヶ所あり、看板のある北側の店舗でなく、これより南へ 100 メートル、信号を渡って倉庫風の建物の側壁面にはめ込まれている

交通　ＪＲ京都駅から市バス 50 番立命館大学前行きで千本中立売下車、西へ５分。または、上七軒下車、南へ７分。

問合先　富士石材工業株式会社　075-463-7200

その他　見学はとくに断わらなくても通りから直接見ることができる。

伏見区　城南宮

五月雨に築土くづれし鳥羽殿のいぬゐの池に
おもだかさきぬ

『みだれ髪』所収の歌で蕪村の「鳥羽殿に五、六騎いそぐ野分かな」を本歌取りした歌である。後白河法皇の鳥羽離宮は城南宮あたりにあったと考えられるので、歌碑建立地に選ばれた。

建立は昭和 56 年 4 月 19 日、「みだれ髪の会」。

場所　京都市伏見区中島鳥羽離宮町 7 番地　城南宮神苑内

交通　地下鉄もしくは近鉄竹田駅下車、市バスに乗り換え、城南宮東口下車、徒歩 5 分。

問合先　城南宮社務所　075-623-0846

右京区　直指庵

夕ぐれを花にかくるる小狐のにこ毛にひびく北嵯峨の鐘

建立は昭和 55 年 11 月、「みだれ髪の会」の第５号碑。
筆は直指庵《じきしあん》住職圓誉芳隆氏。

場所　京都市右京区北嵯峨北ノ段町
交通　ＪＲ京都駅から大覚寺行きバス、終点下車、徒歩 10 分。
問合先　直指庵　075-871-1880

右京区　弘源寺

皐月よし野山のわか葉光満ち末も終りもなき世の如く

向井去来の墓地の入口両脇に百人一句、百人一首の句碑、歌碑が柵状に並んでいる。晶子の歌碑は入り口左側の２番目。昭和 63 年、弘源寺によって建立。

場所　京都市右京区嵯峨野　弘源寺内の小倉山墓地

交通　ＪＲ嵯峨野線、嵯峨嵐山駅下車、徒歩 20 分。ＪＲ京都駅より市バス、嵯峨小学校前下車、または京都バス、嵯峨釈迦堂前下車。京福電鉄嵐山駅下車、徒歩 30 分。嵯峨嵐山駅前、嵐山駅前にレンタサイクルがある。

問合先　弘源寺　075-881-1232

右京区　清滝川河畔

ほととぎす嵯峨へは一里京へ三里水の清瀧夜のあけやすき

明治 34 年７月の「明星」に掲載された歌。

歌碑は昭和 33 年４月に清滝保勝会によって作られた。金工芸作家の中川慶造氏の制作。39 年に一度修復されたが、長年の風雨のために、欠落し判読できなくなった。昭和 53 年４月に、「みだれ髪の会」によって渡猿橋真下の右岸の自然の岸壁に歌碑を打ち込み、新しく作り直されて、清滝保勝会に寄贈された。しかし、これも石を投げられるなど傷みがはげしく、読めなくなった。平成 16 年 11 月、清滝自治会と清滝保勝会が現在の場所に歌碑をあらためて建立した。筆は吉井勇氏。

場所　京都市右京区嵯峨清滝町渡猿橋南詰
　渡猿橋から下流に 50 ｍほど下った所にある

交通　ＪＲ京都駅から京都バス清滝行き、または阪急嵐山駅から京都バス、清滝下車。

問合先　ますや　075-861-0135

その他　渡猿橋の近くに旅館「ますや」がある。創業 350 年という老舗で、歌会が催されたという離れが今も残されている。

晶子歌碑と私

中学の３年生の時、国語の矢田部先生に「みだれ髪」を教わったのが始まりで、多感な少々おませな少年は夢中になりました。とりわけ、

道を云はず後を思はず名を問はずこゝに恋ひ恋ふ君と我と見る

には興奮しました。“後を思はず”は仏語にいう後生のことだと教えられたときには、西本願寺の近くに住み、本願寺の寺侍《てらざむらい》を曾祖父にもつ私はぐるぐる巻きにされていた太い縄が解けていく快感を覚えました。ダダダッと“みだれ髪”の大なだれに押し流され埋没しました。

それからというものは毎日が“みだれ髪”三昧です。京の街の世紀の恋の物語の檜舞台を自転車を駆って永観堂の場、粟田山の場、四条橋の場と浪漫の香を慕ってお遍路です。もちろん399首は諳んじていました。そのうち100首近くが京の歌です。半世紀の時が流れて、会社の経営を倅にゆだねて相談役の閑職に退いた途端、若き日の晶子遍路がまた始まったのです。しかし四条橋は架けかえられています。粟田山の辻野旅館は京都市水道局拡張工事のため買収されて跡形もありません。伝をたよって水道局に泣きついて当時の青写真を手に入れただけの空しさです。

つくづく思いました。この名作の舞台を風化させてなるものかと、これが歌碑建設の発端です。私の晶子歌碑は、身も心もとろけていくような恍惚の世界と生命の賛歌の大合唱のうちに輝いている青春真っ只中の象徴なのです。

みだれ髪の会代表　富村俊造

宇治市　さわらびの道

橋　姫

しめやかに心の濡れぬ川ぎりの立舞ふ家は
あはれなるかな

椎が本

朝の月涙の如し真白けれ御寺のかねの水わたる時

総　角

こころをば火の思ひもて焼かましと願ひき身をば
煙にぞする

さわらび

さわらびの歌を法師す君に似ずよき言葉をば
知らぬめでたさ

宿り木

あふけなく大御女をいにしへの人に似よとも
思ひけるかな

東　屋

ありし世の霧きて袖を濡らしけりわりなけれども
宇治近づけば

浮　舟

何よりも危きものとかねて見し小舟の上に
自らをおく

蜻　蛉

ひと時は目に見しものをかげろふのあるかなきかを
しらぬはかなき

手　習

ほど近き法の御山をたのみたる女郎花かと
見ゆるなりけれ

夢之浮橋

明けくれに昔こひしきこゝろもて生くる世もはた
ゆめのうきはし

晶子夫妻が宇治を訪れたのは大正 13 年 10 月 14 日である。晶子生誕 100 年を記念して、「みだれ髪の会」が宇治市に寄贈した。晶子の「源氏物語礼讃」の歌のなかから宇治十帖の 10 首を自筆によって刻んだ。建立は平成４年 10 月。筆蹟は堺市博物館所蔵の晶子自筆の巻物。

場所　京都府宇治市紅斉

交通　ＪＲ宇治駅から徒歩 20 分。駅前の大通りを左へ、宇治橋を渡り、さわらびの道をたどる。または、京阪電鉄中書島駅で宇治線に乗り換え、宇治駅下車、徒歩８分。

問合先　宇治市観光協会　0774-23-3334

与謝野町　男山八幡神社

海の気と山の雫の石ぬるゝ八幡の神の
与謝の御社　　晶子

み柱にわが師のみ名の残るにもぬかづき申す
岩滝の宮　　寛

昭和５年５月26日、男山八幡神社参拝の折の歌。落合直文の明治32年９月３日の参拝のときの歌と併刻されている。

建立者は毛呂清春氏で、落合直文の門下、寛に兄事していた。毛呂氏は数代にわたり男山八幡の神職をつとめたが、昭和の中ごろ東京に転任することになり、記念になるものをと、この歌碑を残すことを思い立った。知人の高岡徳次郎氏、千賀円次郎氏の援助があって昭和35年４月３日に除幕された。

筆は直文の歌が長女、下郡山澄子氏。晶子夫妻はそれぞれ自筆。

場所　京都府与謝郡与謝野町字男山

交通　北近畿タンゴ鉄道岩滝口駅下車。丹海バスの経ヶ岬方面行きで、男山下車。

問合先　与謝野町商工観光課　0772-46-3269

与謝野町　一字観公園

海山の青きが中に螺鈿《らでん》おく峠の裾の
岩瀧の町　　　　晶子

たのしミハ大内峠にきはまりぬまろき入江と
ひとすぢの松　　寛

昭和５年５月、晶子夫妻は山陰旅行の途中に岩滝婦人会の招きで岩滝小学校を訪れて講演、のち婦人会の幹部と大内峠に遊んだ。そのとき詠まれた歌を、創立 10 周年を迎えていた同婦人会の記念事業として碑に刻み建立した。建立は昭和５年５月 21 日となっている。

場所　京都府与謝郡与謝野町弓木《ゆみのき》　大内峠　一字観《いちじかん》公園　妙見堂横
交通　北近畿タンゴ鉄道岩滝口駅下車。大内峠は峰山、水戸谷方面行きのバスで弓木または大内下車。
問合先　与謝野町商工観光課　0772-46-3269

与謝野町　江山文庫

いと細く香煙のごとあてやかにしだれざくらの枝の重る

平成６年、当文庫の開館に際し、「みだれ髪の会」の富村俊造氏が、所蔵の晶子自筆の色紙を写して信楽焼の陶板を制作、江山《こうざん》文庫に寄贈した。デザインは日本画家の松崎良太氏、制作は天野功氏。滋賀県野洲市の富村氏邸の庭に同じ陶板の歌碑がある。

場所　京都府与謝郡与謝野町字金屋 1682　与謝野町立江山文庫の中庭

交通　ＪＲ山陰線豊岡駅から北近畿タンゴ鉄道の野田川駅下車。加悦フェローラインバスの加悦の里で下車、徒歩２分。

問合先　与謝野町立江山文庫　0772-43-2180
見学には入館料（大人 200 円）が必要。月曜日休館。
URL：http://www.kyt-net.ne.jp/kozan

網野町　琴引浜

おく丹後おくの網野の浦にして入日をおくる旅人となる　晶子

遠く来て我が行く今日の喜びもともに音を立つ琴引の濱　寛

晶子夫妻は田中梯六とともに、昭和５年５月から６月にかけて山陰旅行をしている。丹後縮緬で知られた峰山から琴引浜、水の江浦を経て宮津、天橋立のコースをたどった。

晶子の歌は自筆、寛の歌は西村一平筆。与謝野晶子生誕 100 年記念歌碑第 18 号として、「みだれ髪の会」が網野町に寄贈。平成３年６月 10 日に建立。制作は藤田国春氏。

場所　京都府京丹後市網野町掛津琴引浜、海水浴場の奥

交通　ＪＲ山陰線豊岡駅から北近畿タンゴ鉄道網野駅下車。駅前から丹海バス経ケ崎行きに乗り琴引浜で下車、徒歩 15 分。

問合先　網野町観光協会　0772-72-0900

琴引浜

宮津市　天橋立

人おして回旋橋のひらく時くろ雲うごく
天の橋立　　　**晶子**

小雨はれみどりとあけの虹ながる与謝の細江の
朝のさゞ波　　**寛**

寛の父、礼厳が旧与謝郡温江《あつえ》村出身であることから、晶子と寛もときおり丹後地方を訪れ、天橋立や大江連峰などをテーマにした短歌をのこしている。

晶子・寛夫妻と丹後の関わりを広く知ってもらおうと、天橋立を守る会などが平成 18 年７月７日に建立した。

場所　京都府宮津市天橋立　松並木内
交通　北近畿タンゴ鉄道天橋立下車、徒歩 10 分。
問合先　天橋立観光協会　0772-22-0670

葛城市　石光寺

初春や当麻の寺へ文かけば奈良の都に
住むこゝちする　　晶子

時　雨

時雨ふる日はおもひいづ
当麻の里の染寺に
ひともと枯れし柳の木
京の禁裡の広前に
ぬれて踏みける銀杏の葉
寛

当麻《たいま》の石光寺といえば寒牡丹で有名である。約 2,000 株の牡丹が 11 月初めから立春まで次々と咲く。晶子夫妻は牡丹が好きでよく石光寺を訪れたという。当時の住職、染井麟海師は歌を好まれ、晶子と文通をしていた。この歌は昭和 13 年 1 月 10 日の手紙にある歌。寛の詩は明治 43 年 7 月発行の「檞之葉」にある詩。昭和 12 年 12 月 10 日から国民歌謡として NHK のラジオ放送で流れた。作曲は本居長世氏。

建立は昭和 49 年 11 月 25 日で、当時の住職、染井孝熙《たかひろ》氏や堺の「与謝野晶子の会」が中心になった。晶子の歌は自筆。寛の詩碑は日本歌人クラブ代表安田青風氏の筆で、碑の裏面に楽譜のある珍しいものである。

場所　奈良県葛城市染野 387　石光寺庭園内
交通　近鉄南大阪線二上神社口駅から徒歩 15 分。当麻駅からだと当麻寺の参道を同寺の門前で右へ。
問合先　奈良県葛城市農林商工課　0745-48-2811
URL：http://www.city.katsuragi.nara.jp/
石光寺　0745-48-2031

吉野町　竹林院

山の鳥竹林院の林泉を楽しむ朝となりにけるかな　晶子

三吉野の竹林院の静かなり花なき後もここに在らばや　寛

昭和２年４月27日、晶子夫妻は長女に次男、それに有島生馬ら一行８人で竹林院に泊まっている。このとき、色紙、短冊、絵、書簡を残し現在、同院に保存されている。

碑の建立は昭和51年３月14日、夫妻の門下、大口善信氏が中心になった。

自筆で、色紙は竹林院の所蔵。晶子の泊まった部屋なども残っている。

場所　奈良県吉野郡吉野町大字吉野山　竹林院前庭

交通　近鉄吉野駅からロープウェイで吉野山駅下車、徒歩40分。
ただし桜の時期は近鉄吉野駅から奈良交通の臨時バスあり。

問合先　吉野町企画観光課　0746-32-3081

吹田市　千里南公園

やははだのあつき血潮にふれも見で さびしからずや道を説く君

千里南公園には14基の文学碑とレリーフ1基がある。これは昭和57年と62年の2回に分けて、地元の拓本研究家が設置、吹田市に寄贈したもので、拓本愛好家のために身近な教材を供することを目的としたものであった。

晶子の歌碑は昭和57年に建立、寄贈されたもので、高野山の歌碑の拓本を縮小し、原本とした。拓本可。

場所　大阪府吹田市津雲台1丁目

交通　阪急千里線南千里駅下車、北へ徒歩5分、入口から右の池沿いの道、芝生の中に碑がある。

問合先　吹田市緑化公園室　06-6834-5366

URL：http://www.city.suita.osaka.jp/kakuka/ryokkakoen/park/ishibumi5.html#ishi11

高野町　高野山奥の院

やははだのあつき血潮にふれも見で
さびしからずや道を説く君

『みだれ髪』所収のあまりに有名な歌。

昭和 25 年に建立。建立者は「与謝野晶子顕彰会」。堺市と南海電鉄の協力によって建てられた。

自筆。

場所　和歌山県伊都郡高野町奥の院内の高野山公園墓地内

交通　南海電鉄高野線で極楽橋駅下車、ケーブルで高野山駅まで上がり、奥の院前行きバスで奥の院前下車、徒歩 5 分。

問合先　高野町まちづくり推進課　0736-56-3000

熊野川町　ジェット船乗り場

くまの川白き石原ふみつゝもなを人の子はものゝおもはる

後鳥羽上皇と晶子の歌が並んで刻まれている。

昭和 62 年、当時の県会議員故植《うえ》野《の》為隼《ためはや》氏は地元の有志に寄付を募り、この碑を建てた。熊野川は昭和 45 年に一級河川の指定を受けたが、そのころ熊野川の国土地理院の正式名称は新宮川であった。地元では熊野川と呼びならわしていたが、その名を残すためにこの碑を建てた。後鳥羽上皇や晶子の歌にも熊野川の名が見られる。それがこの碑の意である。平成 10 年に国土地理院の名称も新宮川から熊野川になった。

場所　和歌山県新宮市熊野川町志古　ジェット船乗り場の一角
交通　ＪＲ新宮駅下車、熊野交通バス瀞峡《どろきょう》行き乗車、志《し》古《こ》下車すぐ。
問合先　熊野交通株式会社志古船舶営業所　0735-44-0331

宝塚市　宝来橋

武庫川の板の橋をばぬらすなりかじかの声も月の光も

武庫、芦屋、尼崎には昭和８年に夫妻で訪れている。晶子は宝塚歌劇の機関誌「歌劇」創刊号に「武庫川の夕べ」と題する３首を寄せている。

建立は平成 11 年４月 13 日、宝塚ライオンズクラブによる。自筆で逸翁美術館所蔵の歌幅「宝塚にてよめる」から分かち書きにして写した。

場所　兵庫県宝塚市湯本町

交通　ＪＲ宝塚線または阪急宝塚線、宝塚駅下車。南へ徒歩 10 分。宝来橋を渡って右側。

問合先　宝塚市観光振興課　0797-77-2012

城崎町　城崎温泉

日没を円山川に見てもなほ夜明めきたり
城の崎くれば　　　晶子

ひと夜のみねて城の崎の湯の香にも清くほのかに
染むこゝろかな　　寛

昭和５年５月の山陰旅行の折に城崎温泉を訪れた。円山川は城崎の東を流れる大きな川。

建立者は城崎町、昭和 57 年建立。その後改築された。

場所　兵庫県豊岡市城崎町湯島　一の湯脇

交通　ＪＲ山陰本線城崎温泉駅下車。

問合先　城崎温泉観光協会　0796-32-3663

香美町　大乗寺

寛政の応挙の作か御法をば讃するごとき
堂のうちかな　　　晶子

いみじけれみろくの世までほろぶなき古き巨匠の
丹精のあと　　　晶子

羨まし香住の寺の筆のあと作者みづから
たのしめるかな　　寛

昭和５年の山陰旅行のときの歌。５月 23 日、円山応挙の作品を残す大乗寺（通称、応挙寺）に立ち寄り、寺の画帳に筆跡を残している。いずれも応挙の作品の賛である。

昭和 38 年４月建立。当時の住職、長谷部琢道師が同町の有志の協力を得て、寺に残された揮毫を歌碑にした。

場所　兵庫県美方郡香美町香住区森

交通　ＪＲ山陰本線香住駅下車。

問合先　香住観光協会　0796-36-1234

中国・四国

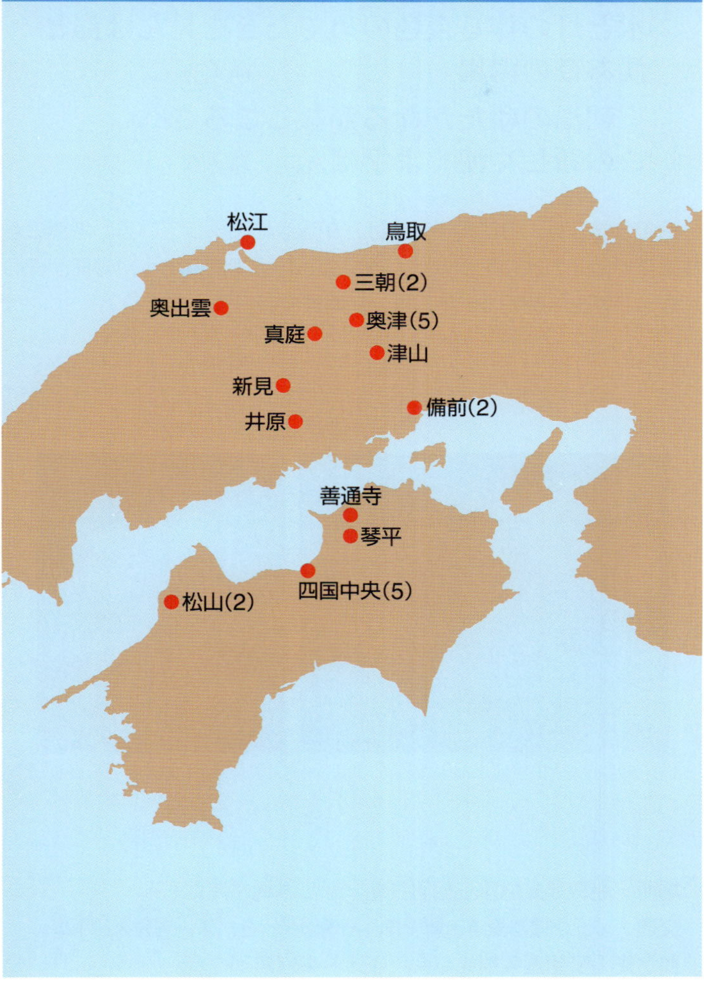
松江
鳥取
三朝(2)
奥出雲
奥津(5)
真庭
津山
新見
備前(2)
井原
善通寺
琴平
四国中央(5)
松山(2)

三朝町　かじか橋

①川波が雨の裾をば白くする三朝の橋を
　こえてこしかな　　　　　　　　晶子

②水と灯の作る夜色のめでたきを見んは都と
　渓あひの湯場　　　　　　　　　晶子

　三朝湯のゆたかなるかなこころさへ
　この新しく湧くよ学ばん　　　寛

昭和５年６月１日に晶子夫妻は三朝《みささ》温泉に泊まっている。老舗の岩崎旅館で地元の歓迎を受けた。碑文のもとは同館にあった短冊。碑の建立は２基とも昭和 56 年３月、三朝温泉観光協会による。

①

②

場所　鳥取県東伯郡三朝町三朝　かじか橋左岸たもと

交通　ＪＲ山陰本線倉吉駅下車、三朝温泉行きバス、温泉入口下車。

問合先　三朝温泉観光協会　0858-43-0431

鳥取市　鳥取砂丘

砂丘踏みさびしき夢に与《あづ》かれるわれと覚えて涙流るる

昭和５年５月の山陰旅行の折の歌。この旅行で城崎、香住を経て鳥取砂丘を訪れている。この後さらに、松江、美保関、大山、三朝を回った。

この歌は、晶子がその思想と人格を尊敬していた有島武郎（大正12 年没）を回想して詠まれたもの。

建立は平成３年６月９日。地元の「星座会」の遠山正瑛、若川栄一、大西七郎氏によって建てられた。自筆。

場所　鳥取市浜坂、砂丘の西南部

交通　ＪＲ山陰本線、鳥取駅下車。砂丘行きバス、砂丘東口下車。西へ 20 分。

問合先　鳥取市観光案内所　0857-22-3318
鳥取市観光協会　0857-26-0756

奥出雲町　絲原記念館

林泉に松の山をば重ねたり五月の風を
人きゝぬべく　　晶子

おのづから山のあるじのこゝろなり清き岩間に
鳴れる水おと　　寛

昭和５年の山陰旅行の途中、晶子夫妻は奥出雲の絲原《いとはら》家を訪れている。同家は、この旅行の道案内をした門下三島祥道氏の生家。

歌碑の建立は平成元年４月 28 日、絲原記念館による。同館所蔵の自筆色紙の拡大。

場所　島根県仁多郡奥出雲町大谷 856-18　絲原記念館中庭
交通　ＪＲ木次線出雲三成駅から約 4km。
問合先　絲原記念館　0854-52-0151
URL：http://www.itoharas.com/contents/itohara.htm

松江市　美保関灯台前

地蔵崎波路乃はての海の気のかげろうとのみ見ゆる隠岐かな　晶子

地蔵崎わが乗る船も大山も沖の御前も紺青のうへ　寛

昭和５年５月の山陰旅行で詠んだ歌は昭和５年６月号の「冬柏」に「山陰遊草」として発表された。また、山陰旅行記をまとめた『碧雲抄』（昭和５年刊）に収録されている。

自筆。平成10年11月に美保関灯台100周年記念事業委員会によって建立された。

場所　島根県松江市美保関町美保関（地蔵崎）

交通　ＪＲ山陰本線米子駅から境港線、境港駅前から美保関行きバス終点下車。または、境港駅から徒歩10分の渡船で宇井に渡り、美保関行きバス終点下車。灯台まで徒歩20分。

問合先　松江市観光協会美保関支部　0852-72-2811

備前市　日生駅前広場

妻恋ひの鹿海こゆる話聞きそれかと見れば低き鶴島

昭和８年６月 27 日に晶子夫妻は日生《ひなせ》を訪れ、翌 28 日に日生諸島を船で吟行している。

建立は平成２年５月、日生町（現備前市）による。

場所　岡山県備前市日生町大字寒河《そうご》

交通　ＪＲ赤穂線日生駅下車。

問合先　備前市商工観光課　0869-64-1832

URL：http://www.city.bizen.okayama.jp/kankou/guide/hinase/spot/hondo/yosanoakiko.jsp

備前市　楯越山展望台

船いまだ曽島の瀬戸をいでねども讃岐の海の
あづきじま見ゆ　　晶子

わが友が万の巻を繙《ひもと》く手もて船に指さす
瀬戸の島々　　　　寛

昭和８年６月、晶子夫妻が当地で島めぐりをしたときの歌。歌中の「あづきじま」は小豆島のこと。

建立は平成９年。筆者は地元の古筆研究家の赤枝春夫氏。

場所　岡山県備前市日生町、楯越山八合目の展望台にある。駅前から見える山上の中継塔が目印。楯越山登山道をたどって途中から公園散策路（右）へ進むこと 150 メートル。歌碑の広場からは湾と曽島が望める。

交通　ＪＲ山陽新幹線または山陽本線相生駅より赤穂線で日生駅下車、徒歩 20 分。

問合先　日生町観光協会　0869-72-1919

井原市　鬼ヶ嶽

みやひ男とたおやめのため流れたる宇《う》土《と》の渓間の鏡川かな

昭和４年の秋、晶子夫妻は末女藤子とともに、岡山の鬼《おに》ヶ《が》嶽《だけ》を訪れている。鬼ヶ嶽は、美山川の上流に位置する美しい渓谷で、昭和５年に国から名勝に指定された。歌中の「宇土」はこのあたりの地名、「鏡川」は美山川のこと。晶子は水面の美しさを、このように詠った。

昭和 62 年５月 20 日、美星《びせい》町（現井原市）により建立。

場所　岡山県井原市美星町烏頭 1690-1　鬼ヶ嶽地内

交通　井原鉄道矢掛駅下車、タクシーで約 30 分。

問合先　井原市美星建設経済課商工観光係　0866-87-3113

その他　現在、「鬼ヶ嶽温泉」再開発事業の工事のため見学不可。

津山市　美作高等学校

うつくしき五郡の山に護られて学ぶ少女はいみじかりけれ

昭和８年７月３日、晶子夫妻は美作《みまさか》学園で講演をしている。当時の校誌「田鶴ヶ音《たずかね》」には、「津山高女と計り、男子校の講堂を借り、晶子夫人の講演を願ひ、……」とある。男子校とあるが、津山小学校の講堂を借りた講演後、同学園を訪れた晶子は、運動場でこの歌を即詠し、半切として寄贈した。

昭和40年12月21日、創立50周年記念に、同学園の職員、生徒らの手によって歌碑が建立された。自筆。

場所　岡山県津山市山北500　岡山県美作高等学校前庭

交通　ＪＲ津山駅下車、北に徒歩20分。

問合先　岡山県美作高等学校　0868-22-2422

（社）津山市観光協会　0868-22-3310

真庭市　湯原温泉

かじか鳴き夕月うつりいくたりが岩場にあるも皆高田川

昭和８年７月１日に晶子夫妻は勝山の辻武十郎氏に招かれて、勝山から湯原あたりを訪れている。湯原の水島館で休み、泊まらず勝山に戻った。同館の前の旭川（旧名、高田川）の川原に露天風呂があった。

建立は昭和 59 年 12 月、湯原観光協会による。

場所　岡山県真庭市湯原温泉　露天風呂砂湯南入口
交通　ＪＲ姫神線中国勝山駅下車、バスで湯原温泉下車。
問合先　湯原観光協会　0867-62-2526

新見市　満奇洞

満奇の洞千畳敷の蠟《ろう》の火のあかりに見たる
顔は忘れじ　　晶子

おのづから不思議を満たす百《もも》の房ならびて広き
山の洞かな　　寛

昭和５年 11 月に晶子夫妻は高梁《たかはし》の芳賀直次郎氏の招きで、この鍾乳洞を訪れている。当時は手に手にローソクを持って観光した。洞内に休憩所があるが、一行はここで酒盛りをしたと伝えられている。

それまで槇の穴と呼んでいたのを、夫妻の意見で「満奇洞」と命名した。建立は昭和 52 年５月５日、新見市による。

場所　岡山県新見市豊永赤馬 2276-2

交通　ＪＲ新見駅下車、満奇洞行きバス、終点下車、徒歩５分。

問合先　満奇洞管理事務所　0867-74-3100
新見市観光協会　0867-72-2139

鏡野町　奥津温泉

奥津川銀杏の蔭の湯槽より出でて聞くなり
鶯の話を　　　　晶子

衣洗う奥津のおとめ河床の清きに立ちて
踊るごと踏む　　　寛

岩まろく盤の形を月も来て奥津の渓に
ゆあけするなり　　寛

山陰と山陽の山立つ中の奥津の夏に
浴めりわれは　　　晶子

高く来てこの日世と断つ思いあり奥津の渓に
食むわらびかな　　寛

かじかども分水嶺を何ばかり離れぬ山の
渓にいて鳴く　　　晶子

風立てば踏洗濯に少女子が占めたる岩も
波越して行く　　　晶子

大山をすでに感ずる心なり奥津の渓に
遊ぶ涼しさ　　　　寛

大釣の淵の青きを見て倚れば河鹿鳴き出す
岩のもとより　　　寛

大空の銀河のおとも似たるべし奥津の湯場の
山川の音　　　　　晶子

昭和８年６月末に晶子夫妻は岡山を講演旅行している。その折、奥津温泉を訪れた。そのときの歌である。

歌碑は平成７年に奥津町（現鏡野町）によって建立された。晶子の歌５首、寛の歌５首、合わせて 10 基の碑がある。吉井川沿いに長さ 130 メートルの「歌の小径」があり 10 基が配置されている。

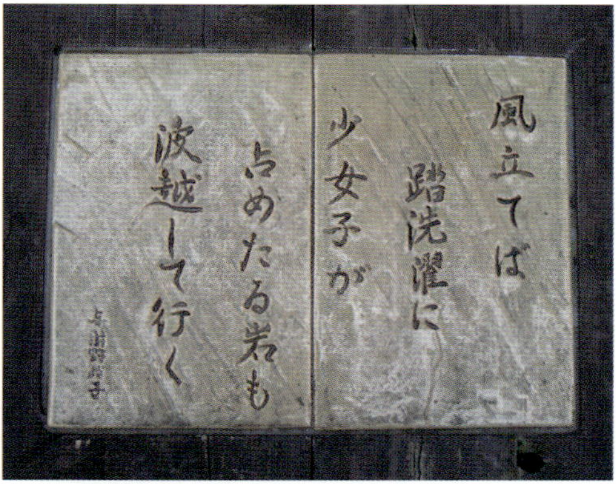
風立てば
踏洗濯に
少女子が
占めたる岩も
波越して行く
与謝野晶子

歌の小径

場所　岡山県苫田郡鏡野町奥津川西　花美人の里駐車場横、吉井川沿いに「歌の小径」がある。

交通　中鉄バス津山広域バスセンターから奥津温泉行きに乗り奥津温泉郵便局前で下車、徒歩３分。

問合先　奥津振興センター　0868-52-2211

奥津観光協会　0868-52-0610

善通寺市　出釈迦寺

讃岐路は浄土めきたり秋の日の五岳のおくにおつることさへ　晶子

たもとぶり西上人も見しならん熊野の山のわが道に立つ　寛

昭和６年10月末から11月にかけて晶子夫妻は四国旅行をしている。徳島をへて高松、琴平、善通寺、川之江、松山を訪れた。この歌は、10月31日に善通寺高等女学校で講演を行なった後、善通寺の印象を詠んだもの。平成18年に、善通寺高等女学校教諭であった故武内正躬氏の所蔵品の中から晶子、寛自筆の色紙が発見され、歌碑建立の契機となった。同年11月に完成。

場所　香川県善通寺市吉原町1091
いったん寺を出て、山に向かって200メートル進んで石灯籠が並んでいるあたりに歌碑がある。

交通　ＪＲ土讃線善通寺駅下車、詫間行きバス吉原下車（11分）、徒歩25分。または、仁尾バス観音寺行き、三井之江下車（12分）、徒歩15分（ただし１日５便と少ない）。もしくは、善通寺駅から徒歩約１時間15分。タクシー約10分。

問合先　出《しゅっ》釈《しゃ》迦《か》寺《じ》　0877-63-0073

琴平町　金刀比羅宮参道

船人の流し初穂の枝を見よ信ずるもの放胆を見よ

「冬柏」の「秋風遍路」の中の一首である。

県道琴平停車場琴平公園線の交通安全施設工事の一環として設けられた角柱形のモニュメントに刻まれている。金刀比羅宮参道に通じる県道の両脇に配置し、琴平にゆかりの文学作品を刻んだ。晶子の歌は参道入り口から150メートル進んだところの左側８番目にある。平成16年に建立された。

場所　香川県仲多度郡琴平町

交通　ＪＲ土讃本線琴平駅下車、徒歩10分。または高松より琴平電鉄で琴平駅下車、徒歩15分。

問合先　琴平町企画課　0877-75-6701

四国中央市

①川之江の港の成りぬ波風にまたも破れじ
百船の夢　　晶子

燧灘《ひうちなだ》はるかに秋の沖はれて水脈《みわ》わかれたり
紺青と白　　寛

②姫ヶ嶽《ひめがだけ》海に身投ぐるいやはても馬して入りぬ
大名の子は　　晶子

③うつくしき秋の木の葉のここちする
伊豫の小嶋の浮ぶ海かな　　晶子

空を見て峠をいけバおもふかな金生川も
その空に鳴る　　寛

④四坂《しさか》なる銅の煙におとらめや伊豫の二六《にろく》の
すゑものゝかま　　晶子

⑤少女たち錦の袍《ほう》にまさりたる山のこころに
包まれてあれ　　晶子

ここにして窓に入る山みな青しまして風吹く
燧灘より　　寛

昭和６年 10 月に晶子夫妻は川之江を訪れている。宇摩高等女学校（現、川之江高校）で講演、隣町の伊予三島市村松の二六窯《にろくがま》を訪ねたりした。いずれもそのときの歌で、それぞれ半切が残されている。

①川之江八幡神社の歌碑は昭和 53 年５月に宮司の竹内光彦氏によって建立された。自筆。

②城山公園の歌碑は、お城へ登る途中の石垣にはめ込んである。建立は昭和 54 年３月、川之江文化協会によるもの。自筆。

③八将神社参道に建てられた碑は、平成２年６月篠原敏夫氏によっ

て建立された。自筆。歌中の「金生《きんせい》川」は同市の中央を流れるシンボルリバー。

④二六窯松柏庵門前の碑は昭和 23 年春に建立された。宇摩高女で講演のあと、休憩歓談ののち伊予三島村松、佐々木二六氏の二六窯に夫妻は案内された。初代の二六氏に迎えられて、二人は皿に揮毫し、当時庵の裏まで迫っていた燧灘の景観に数首を即詠、大いに楽しんだ。川之江八幡神社の歌もここで詠まれたものである。

⑤川之江高等学校の歌碑は平成３年秋、夫妻来校 60 周年記念に同校同窓会によって建立された。筆は川端翠楊氏。

①

②

③

④

⑤

場所　①愛媛県四国中央市川之江町　川之江八幡神社
②愛媛県四国中央市川之江町　城山公園
③愛媛県四国中央市川之江町馬場　八将神社参道脇
（金光教会裏手）
④愛媛県四国中央市村松町　二六窯松柏庵門前
⑤愛媛県四国中央市川之江町　県立川之江高等学校校庭

交通　ＪＲ予讃線川之江駅または三島駅下車。

問合先　四国中央市三島観光協会　0896-24-3555
四国中央市観光交流課　0896-28-6187
川之江高等学校　0896-58-2061

与謝野晶子と寛——夫婦のあり方

「夫婦は毎日毎日愛の創作をしているのだ」

「夫婦の間にその愛を常に新しく創造する努力が無ければ、真の理想的夫婦とはいわれない」

晶子は「愛の創作」（第11評論感想集『愛の創作』収録）の中で、夫婦について上記のように述べている。

現在では、晶子の方が寛より有名で評価も高いが、晶子が寛と出会った頃、寛は「近代短歌の革新者」として文壇の中心的存在であった。「歌人与謝野晶子」を見いだし、育てたのはまぎれもなく寛であり、結婚生活においても師弟の関係は変わることがなかった。しかし、歌人という同じ職業を持ちながら夫婦であり続けることは、精神的にも苦労が多くあったことだろう。晶子は短気な性格であった寛を気遣い、いつも寛を立てていた。晶子に講演依頼があっても必ず、一人旅をせずに寛とともに出かけていたことからも分かる。一見古風な夫婦に見える２人だが、結婚当初から共働きの上、晶子が与謝野家の経済を支えるようになってからは、寛が子育てを手伝ったり晶子の代筆をする進んだ形の夫婦であった。

与謝野晶子の歌碑は、単独のものだけでなく夫、寛と並んで建てられているものが多くある。多磨霊園の墓石も、晶子の棺蓋に書かれた歌、「今日もまたすぎし昔となりたらば並びて寝ねん西のむさし野」の通り、並んで建てられている。それは生前から、２人の夫婦関係が対等で、お互いを尊敬しあう理想の夫婦であったことの表われである。

与謝野晶子文芸館学芸員　森下明穂

松山市　石手寺

伊予の秋石手《いして》の寺の香盤に海のいろして立つ煙かな

昭和６年 11 月に晶子夫妻は松山を訪れている。いくつか歌を残しているが、その中の一つ。

昭和 50 年 11 月の建立。日野盛一、日野義春氏ほか世話人５、６人によって建てられた。

場所　愛媛県松山市石手２丁目

交通　ＪＲ予讃線松山駅下車、道後温泉または奥道後温泉行きバス、石手寺下車。

問合先　石手寺　089-977-0870

道後温泉

温泉

松山市　正宗寺

子規居士と鳴雪翁の居たまへる伊予の御寺の秋の夕暮

　昭和６年 11 月に晶子夫妻が松山を訪れたときの歌。
平成３年、正宗寺の住職がこの歌を知り、この場所にふさわしいと考えて、建立した。

場所　愛媛県松山市末広町 16-3　正宗寺境内「子規堂」横、墓地入り口にある。子規髪塔と鳴雪髯塔の前
交通　ＪＲ予讃線松山駅から伊予電鉄の市内電車で松山市駅下車、徒歩３分。
問合先　正宗寺　089-945-0400

九州

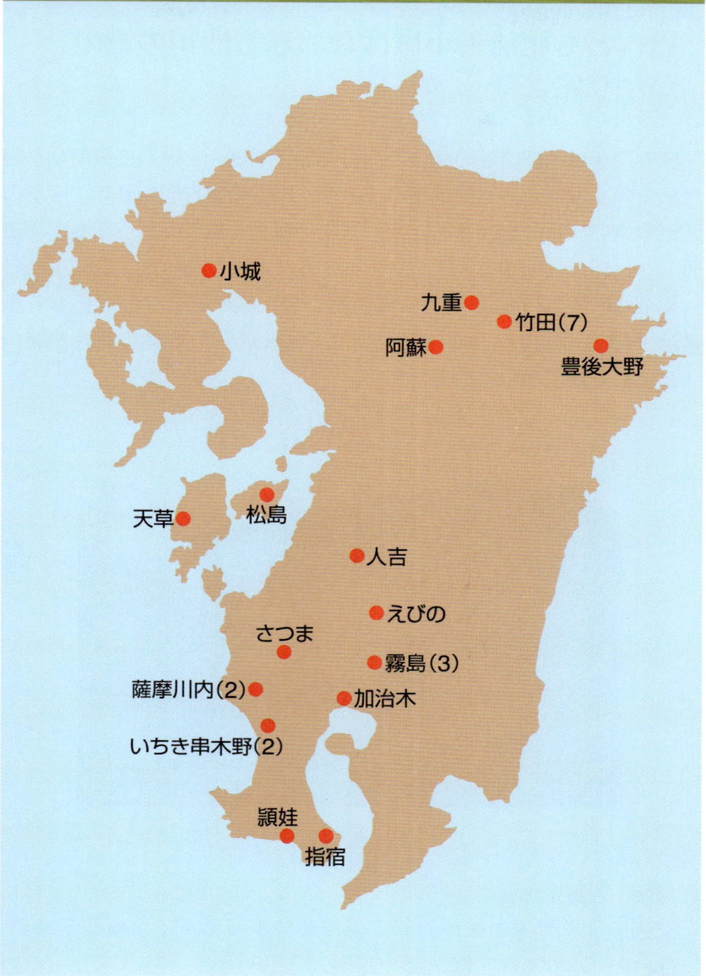

小城
九重
竹田(7)
阿蘇
豊後大野
松島
天草
人吉
えびの
さつま
霧島(3)
薩摩川内(2)
加治木
いちき串木野(2)
頴娃
指宿

小城市　小城駅前広場

またもなき人の子の父歌の人われに優しき友なる博士　　**晶子**

思へども肥前の小城《おぎ》はなお遠し門司の港のかかり船より　　**寛**

歌中の博士は新詩社の同人で、機関誌「明星」の復刊に貢献した当地出身の文学博士、高田保馬のことで、晶子夫妻が昭和３年に中国の満州地方の旅行に出発する途次、下関で博士を思って詠ったものである。

平成 16 年 12 月 14 日、小城町商工会、観光協会などからなる歌碑建立発起人会によって建立された。小城駅の 100 周年記念事業の一環として建てられたものである。

場所　佐賀県小城市小城町

交通　ＪＲ長崎本線佐賀駅で唐津線に乗り換えて小城駅下車。

問合先　小城市商工観光課　0952-73-8814

阿蘇市　内牧温泉

うす霧や大観峰《だいかんぼう》によりそひて朝がほのさく
阿蘇の山荘　　晶子

霧の色ひときは黒しかの空にありて煙るか
阿蘇の頂　　　寛

昭和７年８月の旅行の折、晶子夫妻は阿蘇内牧温泉の永田殊一邸に泊まっている。屋敷の中に温泉を引き、細川家から拝領の杉の大木一本でつくられたという座敷のある豪邸で、夫妻はその座敷で歌を詠み、泊まった。現在、同邸は旅館になっている。

建立は昭和 35 年９月、永田殊一氏による。自筆。

場所　熊本県阿蘇市内牧　旅館「蘇山郷」中庭
交通　ＪＲ豊肥本線阿蘇駅からバス、内牧温泉方面行きで 15 分。
問合先　阿蘇インフォメーションセンター　0967-32-1960

天草市　天草パールセンター

天草の松島ここに浮ぶなり西海のいろ
むらさきにして　　晶子

天草の島のあひだの夕焼に舟もその身も
染みて人釣る　　寛

晶子夫妻が昭和８年に、熊本市在住の歌人で門下の後藤是山氏の案内で松島を訪れた時に詠んだ歌。

昭和 50 年５月８日にパールセンター株式会社によって建立された。

場所　熊本県上天草市松島町合津

交通　ＪＲ熊本駅からバス本渡行き、松島国民宿舎前下車、徒歩４～５分。

問合先　上天草市商工観光課　0964-56-1111

天草市　十三仏公園

天草の西高浜のしろき磯江蘇省《こうそしょう》より
秋風ぞ吹く　　　**晶子**

天草の十三仏《じゅうさんぶつ》のやまに見る海の入日と
むらさきの波　　**寛**

明治 40 年夏、寛は、まだ学生だった北原白秋、木下杢太郎、吉井勇、平野万里と１ヶ月にわたってキリシタン遺跡を中心に九州各地をめぐっている。この旅のことは、紀行文『五足の靴』（寛ほか４名共著）として東京二六新聞に連載された。なかでも、天草の大江天主堂に立ち寄った際、ガルニエ神父から強い感銘を受け、そのことが各々に転機をもたらしたとある。

昭和７年秋に寛は、再び天草を訪れている。この時は晶子と一緒で、駕篭の旅であった。

歌碑は昭和 41 年秋、天草観光協会が建立した。

場所　熊本県天草市天草町高浜北

交通　ＪＲ熊本駅から本渡バスセンターまで行き、高浜行きバスに乗り換え、十三仏下車。

問合先　天草市天草支所総務振興課　0969-42-1111

人吉市　東林寺

はしを越え中河原こえはしを越え先づ見んとする球磨の禅院

昭和７年８月、晶子が人吉市を訪問したときの歌。晶子はこの年に東林寺で発見された歴代天皇の名が書かれた大量の小石を見学し、この歌を詠んだ。

建立は平成 18 年 10 月 22 日、東林寺住職と篤志家による。筆は地元の書家、川越郁子氏。

場所　熊本県人吉市浪床町 3008　東林寺
交通　ＪＲ肥薩線人吉駅より車で５分。
問合先　東林寺　0966-23-2706

豊後大野市　犬飼町

犬飼の山の石仏龕《がん》さえも共に染みたり淡き朱の色

昭和６年 10 月、晶子夫妻が石仏を案内された折の歌。

昭和 56 年 10 月に建立。石仏の修理が行なわれたのにともない、環境整備をかねて犬飼町（現豊後大野市）の教育委員会によって建てられた。筆は小玉豊子氏。犬飼町出身で東京在住、晶子の門下であった。

場所　大分県豊後大野市犬飼町田原　犬飼石仏《いぬかいせきぶつ》横

交通　ＪＲ豊肥本線犬飼駅下車、徒歩 45 分。または大分バス三重行き、津留バス停下車、石仏まで徒歩 10 分。

問合先　豊後大野市観光協会犬飼町支部　0975-78-1111

竹田市　権現山公園

①湯の原の雨山に満ちその雨の錆の如くに
浮ぶ霧かな　晶子

②蛾となりてやがてはここへ飛びて来ん
芹川に添ふ小きともし火　晶子

③芹川の湯の宿に来て灯のもとに秋を覚ゆる
山の夕立　寛

昭和６年、７年と続けて晶子夫妻は大分を訪れている。昭和７年８月４日に直入町の大丸旅館に投宿、10首ずつ詠んだ中の代表作。

昭和53年、同町の建立。

①

②

③

場所　大分県竹田市直入町大字長湯

交通　ＪＲ豊肥本線豊後竹田駅下車、長湯温泉行きバスくず淵温泉前下車（長湯小学校裏手）。

問合先　直入町観光協会　0974-75-3111

竹田市　長湯温泉

湯の原の雨山に満ちその雨の錆の如くに
浮かぶ霧かな　　晶子

芹川の湯の宿に来て灯のもとに秋を覚ゆる
山の夕立　　　　寛

昭和７年に晶子夫妻は大丸旅館に宿泊している。そのときの歌。平成 12 年から直入町「歌碑のある町づくり運動」として同町とゆかりのある人たちの歌碑、文学碑が散策道に数多くつくられ、現在 27 基を数える。大丸旅館社長首藤勝次氏は歌碑づくりの発起人でもある。

場所　大分県竹田市直入町大字長湯　大丸旅館前
交通　ＪＲ豊肥線竹田駅下車、長湯温泉行きバスで 50 分、終点下車（１時間に１本）。
問合先　竹田市観光協会　0974-63-2638
　　　　直入町観光協会　0974-75-3111

竹田市　長湯温泉

蛾となりてやがてはこゝへ飛びて来ん芹川に添ふ小さきともし火

平成 12 年の建立。直入町の他の歌碑と同じく「歌碑のある町づくり運動」の一環として建てられた。筆は西村春斎氏。

場所　大分県竹田市直入町大字長湯 7699-2　長湯温泉、やすらぎの宿「かどやＲｅ」前。長湯バス停前の横道を下って 50 メートル

交通　ＪＲ豊肥線竹田駅下車。長湯温泉行きバスで50分、終点下車。

問合先　竹田市観光協会　0974-63-2638
直入町観光協会　0974-75-3111

大分県

竹田市　長湯温泉

山川のならびはやがて水曲がり天の川ほど目に見ゆる川

平成 12 年の建立。他の多くの碑と同じく直入町「歌碑のある町づくり運動」の一環として建てられた。歌碑の筆者は西村桃霞氏。

場所　大分県竹田市直入町大字長湯 7699-2　長湯温泉、森田恭子氏宅前

大丸旅館前の天満橋を渡って西へ 200 メートル。レストラン「がに湯」前から 50 メートル、川沿いの道路脇

交通　ＪＲ豊肥線竹田駅下車、長湯温泉行きバスで 50 分、終点下車。

問合先　竹田市観光協会　0974-63-2638

直入町観光協会　0974-75-3111

竹田市　久住高原

①久住よし四百の齢ある楢も門守とする
　牛馬の家　　　　　　晶子

②九州のあるが中にも高嶺なる久住の裾野
　うらがれにけり　　　晶子

　大いなる師にちかづくと似たるかな久住の山に
　引かるる心　　　　　寛

昭和７年８月、久住町出身の門下後藤是山氏に招かれて、晶子夫妻は同町を訪れ、数多くの歌を残している。久住高原の雄大な景色は大変気に入ったらしい。いずれもその時の歌で自筆。

畜産試験場入口の碑（①）は、昭和 53 年６月、当時の試験場長と後藤是山氏と親しかった工藤元平氏が町の協賛を得て建立した。歌碑の後ろにある大きなコナラの木が歌にもある楢で、樹齢 400 年といい、町の指定記念物になっている。

ドライブイン「星降る館」前の寛の碑（②の右）は、昭和 63 年３月に町の教育委員会が建立したもの。平成２年４月 16 日にその西 50 メートルのところに晶子の碑が建てられた。山口県徳山市在住の篤志家が町に寄贈したもの。碑の背後に久住連山がそびえる。

①

②

場所　①大分県竹田市久住町平木　畜産試験場入口
　　　　②大分県竹田市久住町南登山口　町営ドライブイン星降る館駐車場前。

交通　ＪＲ豊肥本線豊後竹田駅下車、長湯温泉行きバスで久住下車。

問合先　竹田市久住総合支所商工観光課　0974-76-1117

九重町　飯田高原

久住山阿蘇のさかひをする谷の外《ほか》は襞《ひだ》さへ無き裾野かな　　晶子

大いなる師にちかづくと似たるかな久住の山に引かるる心　　寛

昭和７年８月の久住、阿蘇地方の旅の折の歌である。

昭和 45 年５月に福岡在住の晶子夫妻の門下、倉田厚子氏と「九重の自然を守る会」によって建立された。筆は倉田厚子氏。

久住山、大船山などの九重連山の北から西に広がる裾野を飯田《はんだ》高原といい、阿蘇の外輪山へ続く雄大な自然景観の楽しめるところである。

場所　大分県玖珠郡九重町大字湯坪字瀬の本

交通　ＪＲ別府駅から九州横断バスに乗り、筋湯温泉入口下車すぐ。または、ＪＲ豊後中村駅からタクシーで 50 分。

問合先　くじゅう飯田高原観光案内所　0973-79-2381

えびの市　白鳥森林公園

霧島の白鳥の山しら雲をつばさとすれど地を捨てぬかな　晶子

きりしまの白鳥の山青空を木間に置きてしづくするかな　寛

昭和４年７月に晶子夫妻がえびの高原を訪れた折の歌。歌集『霧嶋の歌』に収められている。

平成６年にえびの市が建立した。筆は大浦錦也氏。

場所　宮崎県えびの市大字末永　白鳥森林公園内白鳥温泉下湯前

交通　ＪＲ吉都線えびの駅下車、タクシーで 20 分。

問合先　白鳥温泉下湯　0984-33-3611

えびの市観光協会　0984-35-1111

霧島市　霧島高原国民休養地

牧園へ太鼓踊を見に来よと便り来りぬ
瓜を割るとき

昭和４年７月から８月にかけての南九州旅行の折の歌。
建立は昭和 50 年２月、大霧島観光協会。

場所　鹿児島県霧島市牧園町高千穂
交通　鹿児島空港から林田行きのバス、牧場バス停で下車。
問合先　霧島市牧園総合支所産業振興課　0995-76-1111
霧島高原国民休養地　0995-78-2004

白鳥町からえびの市を望む

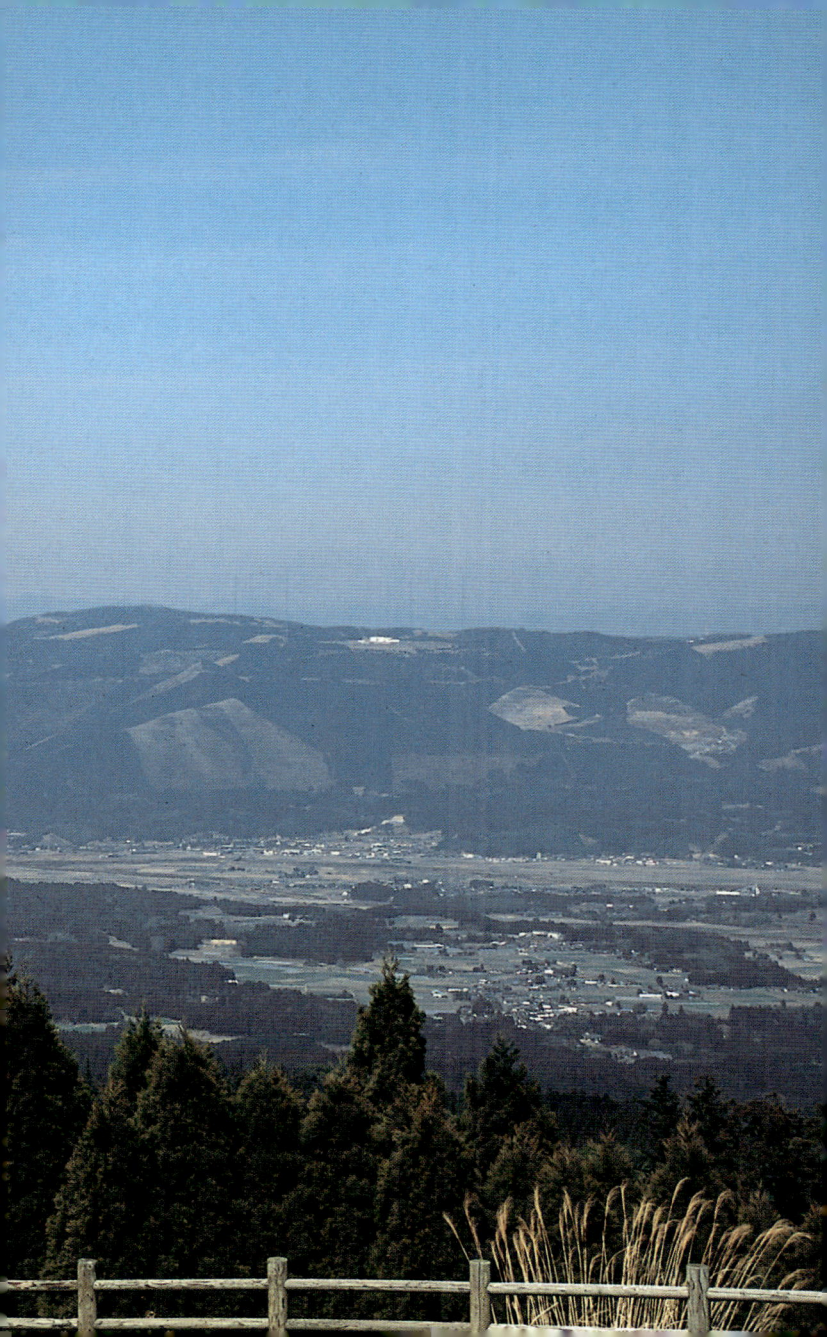

霧島市　霧島神宮前

渓渓《たにたに》の湯の霧しろしきりしまは星の生るる境ならまし

昭和４年の南九州旅行の折の歌と思われる。

昭和 62 年８月 10 日、日本の道百選記念（国道 223 号線）として建設省「道の日」実行委員会が建立した。

場所　鹿児島県霧島市霧島町田口　霧島神宮大鳥居前の交差点脇

交通　ＪＲ日豊本線霧島神宮駅から、いわさきホテル行きバスで霧島神宮前下車。

問合先　霧島町観光案内所　0995-57-1588
霧島町観光商工課　0995-57-1111

霧島市　隼人塚史跡公園

隼人塚夕立はやく御空より馳せくだる日に見るべきものぞ

昭和４年７月23日に訪れた折、詠んだ歌。この歌は昭和４年12月20日に発行された歌集『霧嶋の歌』に収録されている。

平成12年10月22日、隼人町文化協会により建立。

場所　鹿児島県霧島市隼人町内山田

交通　ＪＲ日豊線隼人駅下車、徒歩５分。

問合先　霧島市教育委員会隼人出張所生涯学習課　0995-42-1111

加治木町　性応寺

加治木なる五つの峰のなみかたの女めくこそ
あはれなりけれ　　晶子

老の身の相見てうれしをさなくて加治木の寺に
うゑしたぶの木　　寛

［碑左側面］

　與謝野鐵幹の歌
わが父の名を知る人に逢ふことは
兄弟のごとなつかしきかな
わが父が加治木に住みし六十ぢにも
年ちかづきて加治木には来ぬ
をさなくて紙鐵砲をつくりたる
金竹《きんちく》いまは杖にきらまし
見上げつつ夢かとぞ思ふをさなくて
加治木の寺に植ゑしたぶの木

　與謝野晶子の歌
鹿児嶋へ夕日を追ひて行くやうに車やるなり
加治木の峠

昭和４年の南九州旅行の折、晶子夫妻は加治木町性応寺《しょうおうじ》を訪れた。寛にとって 47 年ぶりのことであった。明治 14 年、寛の父、礼厳が加治木町西本願寺説教所（現在の性応寺）の勤務になったのにともなわれて、寛はこの境内で２年を過ごしている。寛の歌にはこの時をなつかしむ気持ちがにじんでいる。昭和 57 年４月に加治木町与謝野夫妻歌碑建設実行委員会の手で建立された。

場所　鹿児島県始良郡加治木町朝日

交通　ＪＲ日豊本線加治木駅下車、徒歩２～３分。

問合先　加治木町観光協会　0995-62-2111

頴娃町　背平公園

片はしを迫《せ》平《びら》に置きて大海の開聞が岳
立てるなりけり　　晶子

迫平まで我れを追ひ来て松かげに瓜を裂くなり
頴《え》娃《い》の村をさ　　寛

昭和４年８月１日に晶子夫妻は背《せ》平《びら》海岸を訪れ、当時の村長、樋渡盛廣氏に歓迎を受けた。

昭和 62 年５月、頴娃町観光協会の建立。

場所　鹿児島県揖宿郡頴娃町

交通　ＪＲ指宿枕崎線頴娃駅下車、徒歩 20 分。

問合先　頴娃町観光協会　0993-36-1111

いちき串木野市

①疎《まば》らにも螢の出でゝ飛びかへり串木野村の金山のもと　晶子

串木野はなつかし此處に生まれたる斎の歌を口ずさみ行く　寛

②やみの中にともしびゆれて祭りあり金山峠の夜の道かな　晶子

いずれも歌集『霧嶋の歌』の中の歌。歌中の「斎《ひとし》」は同市出身で、寛の愛弟子であり、「明星」の編集者でもあった歌人の万造寺斎。

①の碑は、平成２年12月12日、晶子の末女森藤子氏の希望も入れて選歌され、地元の有志らにより建立された。

②の碑は、もともと木製であったが、昭和59年７月21日、朽ちかけていたものを石碑とした。

①

②

場所　①鹿児島県いちき串木野《くしきの》市下名《しもみょう》　薩摩山

②鹿児島県いちき串木野市下名　山之上神社境内

交通　①ＪＲ鹿児島本線串木野駅下車、川内《せんだい》行きバスで薩摩山下下車。郊外型飲食店の駐車場内。

②ＪＲ鹿児島本線串木野駅下車、川内行きバスで金山《きんざん》峠下車。

問合先　いちき串木野市商工観光課　0996-33-5638

串木野市観光協会　0996-32-2049

薩摩川内市　川内川河畔

月光に比すべき川の流るるや薩摩の国の
川内《せんだい》郷に　　　晶子

ほのぼのと川内川の夕映えのばら色をして
めぐりたる船　　寛

昭和４年８月の南九州旅行の時の歌。
平成２年３月に川内市が建立した。

場所　鹿児島県薩摩川内市字下《しも》水流《つる》
交通　ＪＲ九州新幹線川内駅下車、川内川の開戸橋の下流 50 ｍ。
問合先　薩摩川内市観光課　0996-23-5111

薩摩川内市　向田公園

われ乗りて西湖の船に擬するなりそれより勝る大川にして　晶子

可愛の山の樟の大樹の幹半ばうつろとなれど広き蔭かな　寛

昭和４年８月、夫妻が改造社社長・山本實彦氏の招待で同市を訪れた折、詠んだ歌。歌集『霧嶋の歌』に収録されている。

同市ゆかりの歴史・文人に関わる施設を整備するという事業の一環として平成３年、この歌碑が建立された。

場所　鹿児島県薩摩川内市神田町 151 番地

交通　ＪＲ九州新幹線川内駅下車、市役所方面に徒歩 10 分。

問合先　薩摩川内市観光課　0996-23-5111

さつま町　轟の瀬公園

轟きの瀬は川の火ぞ少年はつぶてとなりて
焔《ほむら》に遊ぶ　　　　晶子

さかしまに落ちつと見ればほがらかに轟《とどろ》の早瀬
わが船すべる　　　寛

碑の裏に「昭和４年７月 29 日、与謝野夫妻この地に遊び、これを詠む」とある。昭和４年の南九州旅行の折の歌。

昭和 41 年３月、宮之城町観光協会の手で建立された。

筆は、同地の出身である童話作家の椋鳩十氏が県立図書館長時代に書いたもの。

場所　鹿児島県薩摩郡さつま町

交通　ＪＲ九州新幹線川内駅からバス、宮之城で下車、宮都大橋の上流 300 m。

問合先　さつま町商工観光課　0996-53-1111

指宿市　指宿温泉

白波の下に熱砂の隠さるる不思議に逢えり
指宿《いぶすき》に来て　　晶子

砂風呂に潮さしくればかりそめの葭簀《よしず》の屋根も
青海に立つ　　寛

昭和４年の南九州旅行の折の歌。
建立は平成８年夏、砂むし会館「砂楽」による。

場所　鹿児島県指宿市湯の浜５丁目 25　砂むし会館「砂楽」横
　防波堤の海側壁面。
交通　鹿児島空港から指宿行き直通バス。
　または、ＪＲ指宿枕崎線指宿駅からバスまたは徒歩 10 分。
問合先　指宿市観光協会　0993-22-3252

海外

パリ市　三越エトワール館

あゝ皐月《さつき》ふらんすの野は火の色す君もコクリコわれもコクリコ

明治45年、晶子が寛の後を追って渡欧の途中、パリで詠まれたものと思われる。

昭和54年5月、パリ、オペラハウスの前の三越デパートに設置された。「みだれ髪の会」による。初めルクサンブール公園に建てる計画であったがかなわず、三越デパートに置いてもらうことになった。鞍馬山所蔵の百首屏風の歌を写したものである。

場所　フランス　パリ市　三越エトワール館外庭

オスロ市　ノルウェー児童・家庭省

山の動く日

山の動く日きたる、
かく云へど、人これを信ぜじ。
山はしばくら眠りしのみ、
その昔、彼等みな火に燃えて動きしを。
されど、そは信ぜずともよし、
人よ、ああ、唯だこれを信ぜよ、
すべて眠りし女、
今ぞ目覚めて動くなる。

「青鞜」創刊号（明治 44 年）の巻頭に載せた詩。

平成４年７月１日、評論家としての晶子を学習する会「山の動く日の会」によってノルウェー男女平等審議会創立 20 周年を記念して建立された。詩文を陰刻した銅版を黒御影石にはめ込んである。金属工芸家、徳岡大介氏の作。

場所　ノルウェー　オスロ市　ノルウェー児童・家庭省

大連市　遼寧師範大学

君死にたまふこと勿れ

（旅順口包囲軍の中に在る弟を歎きて）

あゝをとうとよ君を泣く
君死にたまふことなかれ
末に生れし君なれば
親のなさけはまさりしも
親は刃《やいば》をにぎらせて
人を殺せとをしへしや
人を殺して死ねよとて
二十四までをそだてしや

堺の街のあきびとの
旧家をほこるあるじにて
親の名を継ぐ君なれば
君死にたまふことなかれ
旅順の城はほろぶとも
ほろびずとても何事か
君知るべきやあきびとの
家のおきてに無かりけり

君死にたまふことなかれ
すめらみことは戦ひに
おほみづからは出でまさね
かたみに人の血を流し
獣《けもの》の道に死ねよとは
死ぬるを人のほまれとは

大みこゝろの深ければ
もとよりいかで思されむ

あゝをとうとよ戦ひに
君死にたまふことなかれ
すぎにし秋を父ぎみに
おくれたまへる母ぎみは
なげきの中にいたましく
わが子を召され家を守《も》り
安しと聞ける大御代も
母のしら髪はまさりけり

暖簾のかげに伏して泣く
あえかにわかき新妻を
君わするるや思へるや
十月も添はでわかれたる
少女ごころを思ひみよ
この世ひとりの君ならで
あゝまた誰をたのむべき
君死にたまふことなかれ

明治 37 年 9 月、「明星」に発表の詩。

平成 11 年 6 月 25 日、「山の動く日の会」と「与謝野晶子アカデミー」によって建立された。花崗岩の中央に鋼板をはめてある。裏面に中国語訳の詩がのせてある。晶子の「君死にたまふこと勿れ」が発表されて 90 年になったことを記念して、不戦の碑を建立した。

場所　中国　大連市　遼寧師範大学国際交流センター前広場

ウラジオストク市　極東国立大学

旅に立つ

いざ、天の日は我がために
金の車をきしらせよ。
颶風《あらし》の羽《はね》は東より
いざ、こころよく我を追へ。

黄泉《よみ》の底まで、泣きながら、
頼む男を尋ねたる
その昔にもえや劣る
女の恋のせつなさよ。

晶子や物に狂ふらん、
燃ゆる我が火を抱きながら、
天がけりゆく、西へ行く、
巴里《パリ》の君へ逢ひに行く。

1912年（明治45年）5月、晶子はウラジオストク駅からシベリア鉄道経由で寛の許、パリへ旅立った。この時詠まれた詩。

1994年（平成6年）8月1日、「山の動く日の会」と「与謝野晶子アカデミー」により建立された。建立後まもなく詩碑の銅板が剥がされたため、山梨学院大学と酒造ギャラリー六斉により、2005年（平成17年）8月に修復された。

場所　ロシア　ウラジオストク市　極東国立大学

バークレー市　アディションストリート

Sakai harbor:
When ships from the foreign south
sailed to and fro
what a mingling of springs and
autumns there must have been

堺の津南蛮船の行き交へば春秋いかに
入りまじりけむ

バークレー市の再開発地区に文化施設を集め、そのメインストリートに詩をモニュメントにして配置する計画が立てられた。その中に、バークレーと姉妹都市である堺の歌人、与謝野晶子の歌が選ばれた。平成 16 年（2004 年）の設置。

場所　アメリカ　カリフォルニア州バークレー市　アディションストリート

あとがき

平成３年に刊行された『与謝野晶子歌碑めぐり』は国内の 125 基を掲載していました。発行から 16 年を経て、この間に晶子の歌碑は各地に増え続け、その数は現在 220 基を超えました（現在把握している整備・復元予定を含めると約 240 基）。しかし、すでに新たな歌碑建立の計画を進めている地域があり、歌碑は現在も増え続けています。

晶子の魅力がより多くの人々に理解され、歌にこめられた晶子の「まことの心」が、日本国内をはじめ世界中に広がることを願ってやみません。

本書の作成にあたり、多くの方々にご支援をいただきました。特に以下の方々には多大なるご協力を賜りました。記して謝意を表します。

入江春行、大塚淑人、沖良機、櫛平則子、田上伸、竹下浩二、谷三恵子、田山泰三、富村俊造、平田愿、森藤子。

江山文庫、堺観光コンベンション協会、堺市博物館、堺市立中央図書館、堺市立文化館（与謝野晶子文芸館）、堺・バークレー協会、法師温泉長寿館、三国路与謝野晶子紀行文学館、みだれ髪の会、与謝野晶子倶楽部。

企画・監修　堺市国際文化部
撮影　尚永堂　宮原正行
文　吉田章夫
カバー装・カット　森本良成
カバー絵　安井寿磨子
取材　佐藤興治

新訂 与謝野晶子歌碑めぐり

2007年5月1日　新訂　第1刷
編　者　堺市国際文化部
〒590-0078　堺市堺区南瓦町3番1号
TEL. 072-228-7143　FAX. 072-228-7900
発行者　吉田三郎
発行所　（有）二瓶社
〒558-0023　大阪市住吉区山之内2-7-1
TEL. 06-6693-4177　FAX. 06-6693-4176
印刷製本　亜細亜印刷株式会社

ISBN 978-4-86108-038-8 C2026